北京大學《儒藏》編纂與研究中心 編

《儒藏》精華編選刊

明復先生小集

秋尊王發微

〔北宋〕孫 復 撰
陳俊民
方 韜 校點

北京大學出版社
PEKING UNIVERSITY PRESS

圖書在版編目(CIP)數據

孫明復先生小集；春秋尊王發微/（北宋）孫復撰；北京大學《儒藏》編纂與研究中心編. —北京：北京大學出版社，2023.9
（《儒藏》精華編選刊）
ISBN 978-7-301-33793-6

Ⅰ. ①孫… Ⅱ. ①孫…②北… Ⅲ. ①宋詩－詩集②古典散文－散文集－中國－宋代③中國歷史－春秋時代－編年體④《春秋》－研究 Ⅳ. ①I214.412②K225.04

中國國家版本館CIP數據核字（2023）第051573號

書　　名　孫明復先生小集　春秋尊王發微
　　　　　SUNMINGFU XIANSHENG XIAOJI　CHUNQIU ZUNWANG FAWEI
著作責任者　〔北宋〕孫復 撰
　　　　　陳俊民　方韜 校點
　　　　　北京大學《儒藏》編纂與研究中心 編
策劃統籌　馬辛民
責任編輯　王　琳　沈瑩瑩
標準書號　ISBN 978-7-301-33793-6
出版發行　北京大學出版社
地　　址　北京市海淀區成府路205號　100871
網　　址　http://www.pup.cn　新浪微博：@北京大學出版社
電子郵箱　編輯部 dj@pup.cn　總編室 zpup@pup.cn
電　　話　郵購部 010-62752015　發行部 010-62750672
　　　　　編輯部 010-62756449
印 刷 者　三河市北燕印裝有限公司
經 銷 者　新華書店
　　　　　650毫米×980毫米　16開本　15印張　124千字
　　　　　2023年9月第1版　2023年9月第1次印刷
定　　價　60.00元

目録

孫明復先生小集

〔北宋〕孫　復　撰
陳俊民　校點

校點説明

《孫明復先生小集》是宋儒孫復的詩文集。孫復(九九二—一〇五七)字明復,晉州平陽(今山西臨汾)人。舉進士不第,退居泰山,治《春秋》,爲時人推重,世稱泰山先生,石介等諸生皆師事之。宋仁宗慶曆二年(一〇四二),得范仲淹、富弼舉薦,除秘書省校書郎、國子監直講,爲邇英閣祇候説書。後知長水縣,簽書應天府判官事等,遷殿中丞。嘉祐二年(一〇五七)卒,年六十六。孫復「治《春秋》,不惑傳注,不爲曲説以亂經」,所論「言簡易明」,「得於經之本義爲多」(歐陽脩《孫明復先生墓誌銘》),上祖陸淳,下啓胡安國,實與劉敞開北宋以來出新意解《春秋》之先。與胡瑗、石介並稱「宋初三先生」。其學以排佛老、崇禮義、尊經術、復三代爲宗旨,二程、朱熹皆以爲「宋世學術之盛,安定(胡瑗)、泰山(孫復)爲之先河」(《宋元學案》卷一《安定學案》,全祖望案語)。著有《春秋尊王發微》十二卷、《睢陽子集》十卷。事見歐陽脩《孫明復先生墓誌銘》、石介《泰山書院記》和《宋元學案》卷一、卷二等有關記載,《宋史·儒林二》有傳。

孫復一生著述,除《尊王發微》存世之外,據《宋志》著録尚有「《孫復集》十卷」,《郡齋讀書志》衢本卷十九著録爲「《睢陽子集》十卷」，袁本前志卷四則作「《睢陽小集》十卷」；《文獻通考·經籍考》著録從衢本，《通志·藝文略》著録則同袁本。元戰亂之後，是集散佚無存。至清乾隆間修《四庫全書》，館臣以「兵部侍郎紀昀家藏本」爲底本，編成《孫明復小集》一卷，著録於《四庫全書總目》卷一五二（簡稱四庫本）。紀昀《提要》稱：「此本出自泰安趙國麟家，僅文十九篇、詩三篇，附以歐陽脩所作《墓誌》一篇。蓋從《宋文鑑》《宋文選》諸書鈔撮而成，十不存一。然復集久佚，得此猶見其梗概。」參以《中國古籍善本總目》《藏園群書經眼録》、復集諸本序跋和館藏實際，可知此書版本源流之概如次：

（一）按趙國麟之子趙起魯所説，趙國麟爲泰安相國時，以孫復集「爲郡中文獻，求其集數十年不可得。迨撫莅安慶，始獲此鈔本，名曰《小集》，計詩文廿二篇，附録三篇」。現藏臺灣「中央圖書館」標名「舊鈔本」的《孫明復小集》，疑即趙所獲之鈔本，篇帙吻合，字跡工整，行楷兼用，前後無序跋，文字無手校，亦無藏書印記，可謂現存復集之祖本（簡稱舊鈔本）。此後轉相傳録，遂有李文藻、彭元瑞、鮑廷博和聶鈫等諸多鈔本和刻本。（二）現藏北京大學圖書館的《孫明復先生小集》，即李文藻於乾隆三十二年（一七六七）客居濟南時，「借録」趙藏舊鈔本的再鈔本（簡稱李本），同時又録一副本寄紀昀家藏。李本存有李文藻、羅有高等人手校記録，彌足珍貴。清末徐坊以朱筆過録了李本的校語及跋文，又校以他本，其價值當不在李本之下，今藏於國家圖書館，收入《宋集珍本叢刊》，影印傳世（簡稱徐本）。（三）乾隆四十年乙未（一七七五），泰安布衣聶鈫（劍光）據丁亥歲（一七六七）於同鄉趙家所見之舊藏本和李本，校以江寧嚴道甫等藏本，刊於杏雨山堂，此即現藏於國家圖書館的杏雨山堂刻本（簡稱聶本），每半葉十一行行二十一字，細黑口，左右雙邊。此後，有現藏於國圖和北大圖等圖書館的道光十三年癸巳（一八三三）徐宗幹合刻本《魯兩先生合集》（與《徂徠先生詩文集》兩卷合刊）、光緒十五年己丑（一八八九）孫葆田問經精舍之《山淵閣叢刊》本（簡稱孫本）、民國二十四年（一九三五）徐守揆《泰山叢書》排印本（簡稱排印本）等，遞相傳刻，而祖於聶本，足見聶本之價值亦不在徐本之下。孫本將一卷析爲三卷，重爲校訂，附有《考異》一卷，可資校勘參證。以上參見本書《附録》與《附録補》。

此次校點，以聶本爲底本，以舊鈔本、李本、徐本爲校本，並參校以四庫本、孫本和排印本。在保存原刊篇次式樣的同時，今從北京大學校點本《全宋詩》和四庫本《古今事文類聚》輯得孫復佚詩六首，又從四川大學校點本《全宋文》中輯得孫復佚文二篇，作爲

《詩文補》，置於原刊詩文之末，並將有關書目提要、序跋作爲《附録補》，置之書末，以供參考。

在本書校點過程中，楊承嗣和肖發榮博士協助我做了不少工作。

校點者 陳俊民

錢大昕敘❶

宋《孫明復先生小集》，雜文十九篇，詩三篇，泰安聶君鈫手鈔，藏於笥者有年，懼其久而湮没也，迺謀付梓以廣其傳，詒書京師，乞余志其刻之歲月。案歐陽公誌先生墓，稱先生病時，天子選書吏，給紙筆，就其家，得書十有五篇，藏於秘閣。《宋史》則云「得書十五萬言」。余謂先生立言，主於明道，非若文人以繁富相矜，史家得於傳聞，不若歐誌之可據。此本有廿二篇，殆後人别有所據，附益之耳。當宋盛時，談經者墨守注疏，有記誦而無心得，有志之士若歐陽氏、二蘇氏、王氏、二程氏，各出新意解經，蘄以矯學究專己守殘之陋，而先生實倡之。觀其《上范天章書》，欲召天下鴻儒碩老，識見出王、韓、左、穀、公、杜、何、毛、范、鄭、孔之右者，重爲注解，俾六經廓然瑩然，如揭日月，以復虞夏商周之治，其意氣可謂壯哉！元明以來，學者空談名理，不復從事詁訓、制度、象數，張口茫如，則又以能習注疏者爲通儒矣！夫訓詁、義理二者，不可得兼，然能爲於舉世不爲之日者，其人必豪傑之士也。余故因讀先生文而記之。

乾隆三十七年歲在壬辰四月七日，翰林院侍讀學士嘉定錢大昕謹敘。

---

❶ 此篇與下篇篇題原無，爲校點者所加。

申發祥敘

宋明復孫先生，爲泰山文獻之祖，經師人師，詳載《宋史》本傳，與歐陽文忠公所作《墓誌》及石徂徠之《泰山書院記》，争光日月，固無俟後生小儒重複表揭也。發祥浮家東魯，謬塵山長，適踐先生講學之地，景仰前徽，蒐討散帙。既領修志事，因與邑人聶鈫劍光善，往復資考訂，劍光問爲余言，家有藏弆《孫先生小集》廿二篇，蓋出自故相國趙公拙菴家，珍同尺璧，顧不忍秘，行謀付剞劂，當屬作弁言。發祥何敢以不敏辭。嘗攷孫先生在北宋時，爲此間道學之倡，而其遺文僅十五篇，彫零磨滅，於七百餘年以後而始大顯於時，此正如歐陽公所云精氣光怪，必自發露者。乃從煨燼之餘，倏爾揚光飛文，猶幸收功於一山間窮老布衣之手，則又似孫先生之爲人，生甘貧賤，雖其殁後，遺書亦不肯容後來羶附也，事不洵有前定哉？而聶劍光窮且愈堅，晚而好學，獨能刻意爲其鄉古先生重光日月，如此人者，亦得藉以不朽。工既竣，遂條其顛末，書之簡端。

乾隆乙未仲夏，錢塘後學申發祥謹敘。

孫明復先生小集

文

堯權議

堯以上聖之資，居天子之位，可生也，可殺也，可興也，可廢也。彼八凱八元者，天下共知其善也，堯豈反不知之哉？知之反不能舉耶？彼三苗四凶者，天下共知其惡也，堯豈反不知之哉？知之反不能去耶？若知其善而不能舉，知其惡而不能去，則知堯亦非聖人矣，《書》何以謂之「聰明文思，光宅天下」者乎？噫！彼八凱八元者，堯非不能舉也，能舉而不舉也；三苗四凶者，堯非不能去也，能去而不去也。能舉而不舉，能去而不去者，權也。

堯以天下至廣，神器至重，朱既不肖，弗堪厥嗣，故命於舜。舜起於微陋，雖曰睿聖，然世德弗耀，四岳十二牧未盡服其德，九州四海未盡蒙其澤，不可遽授之以大位也。若遽授之，則四岳十二牧其盡臣之乎？九州四海其盡戴之乎？不臣不戴，則争且叛矣。堯懼其如是也，非權，何以授之？於是潛神隱耀，厥用弗彰，以觀於舜。故八凱八元，雖積其善而不舉也；三苗四凶，雖積其惡而不去也。堯若盡舉八凱八元，盡去三苗四凶，則舜有何功於天下也？是故堯不舉而俾舜舉之，堯不去而俾舜去之，俟其功著於天下，四岳十二牧莫不共臣之，九州四海莫不共戴之，然後授之大位，絶其争且叛也。非堯，誰能與於此？故孔子曰：「大哉堯之爲君也！巍巍乎！唯天爲大，唯堯則之。蕩蕩乎！民無能名焉。巍巍乎其有成功也！焕乎其有文章！」蓋言堯以權授舜，其道宏大高遠之若是，而人莫有能見其迹者。而先儒稱堯不能舉、不能去，妄哉！

舜制議

舜既受命，庸十二相，放四凶也，以帝天下之制，猶有未至者焉，乃窮神極慮，以增以益。夫所謂「帝天下之制」者，君君臣臣，上下貴賤之序，久久不相瀆者是也。

厥初生民，冥焉而無知，浩焉而無防，薿薿群群，孰君孰師，與鳥獸何異？❶黄帝觀乾坤，創法度，衣之裳之，以辨君臣，以正上下，以明貴賤，由是帝天下之制從而著焉。黄帝創之於前，帝堯奉之於後，然二帝之間，厥制未盡。黄帝取乾坤，分上下，爲一人之服，以至於堯，無所增益。逮乎虞舜，再觀厥象，❷以盡其神，

❶「何異」，徐本校作「並」，四庫本作「無別」。

❷「觀」，原作「覲」，據舊鈔本、徐本改。

謂五等之制，不可不正也，於是分其命數，異其等威，殊其采章，以登以降，自公而下，率之以兩，❶然後一人之服、五等之制，焕然而備，俾臣無以僭其君，下無以陵其上，賤無以加其貴，僭陵篡奪之禍不作，雖四海之廣，億兆之衆，上穆下熙，可高拱而視。❷故《易》曰「黄帝、堯、舜，垂衣裳而天下治」，《臯陶》曰「天命有德，五服五章哉」是也。若五等之制，非由虞帝而備，則《易》何以兼言於舜？《臯陶謨》何繫之於《虞書》耶？

或曰：「舜以『三十登庸，❸三十在位，五十載陟方，乃死』，且舜自歷試與居攝三十年，在天子之位又五十年，其八十年間，作事垂法爲萬世利者多矣。今子稱舜，止以因一人之服，增五等之制者何？願聞其説。」曰：善乎，子之問也。吾之所言，聖人之極致也。夫乾者君之道，坤者臣之道。衣上而裳下者，乾坤之象也。衣可加之乎裳，示君之可加於臣也；裳之不可加於衣，示臣之不可加於君也。聖人南嚮而治，天下久久不相瀆者，始諸此也。故舜增五等之制，自上而下，俾貴賤之序益明，天子之位益尊，此舜所以杜萬世僭陵篡奪無窮之禍也，雖後世有作千制萬度，無以踰於此矣。故曰：吾之所言者，聖人之極致也。

---

❶ 「率」，四庫本作「殺」。

❷ 「視」，四庫本作「治」。

❸ 「登」，阮元校刻《十三經注疏》本《尚書·舜典》作「徵」。

文王論

《春秋左氏傳》：吴公子季札來聘，請觀於周樂，見舞《象箾》《南籥》者，曰：「美哉！猶有憾。」説者曰：「憾，恨也，文王恨不及己致太平。」意以爲文王不能夷商紂於當時，取天下於己手，有遺憾焉。❶愚甚惑焉。竊謂季子之是言也，非知樂者也，厚誣於聖人矣。若果如是季子之言也，則是文王懷二心以事上，❷匿怨以伺其間，包藏禍心，乃亂臣賊子矣。何者？文王受封商室，列爲諸侯，紂雖無道，君也，安得爲人之臣，而有無君之心哉？矧以文王爲西伯，位於諸侯之上，賜之弓矢鈇鉞，使得征伐，紂之有德於文王也厚矣！文王宜乎竭力盡能，夙夜匪懈，以事於紂也，又豈可背惠忘施，以怨報德，將成干紀亂常之事哉？噫！事必不然，章章矣。觀乎紂既失德，毒流四海，諸侯咸叛，而文王事之，獨無二心。故孔子曰：「三分天下有其二，以服事殷。周之德，其可謂至德也已矣。」又曰：「下之事上也，雖有庇民之大德，不敢有君民之心，仁之厚也。」有庇民之大德，有事君之小心，其舜、禹、文王、周公之謂與？若文王猶有憾也，則孔子何以謂之「至德」與「仁厚」者乎？

或曰：「《史記・齊世家》敘太公之迹，其後亦言『西伯昌之脱羑里，與吕尚陰謀修德，以傾商政，其事多

❶「憾」，徐本校作「恨」。

❷「事上」二字間，徐本校補一「其」字。

兵權與奇計』，若文王果無憾也，則何得與太公『陰謀修德，以傾商政，其事多兵權奇計』之如是哉？由是觀之，季子之言又何誣也？」曰：此蓋秦火之後，簡編錯亂，司馬子長修《史記》，敘太公之迹也，不能實録善事，乃散取雜亂不經之説，以廣其異聞爾，斯固不足疑於聖人也。嗚呼！古稱季札賢明博達，觀樂盡能知興衰，❶而於此也，何蒙暗頓惑之若是耶？逮乎杜預、服虔之徒，復無卓識絶見以發明之，斯又乖謬之甚者也！

辨四皓

四先生，儒也，哀周之亡，疾秦之亂，脱身乎虐焰，沈冥乎商山，非欲潔其身而亂大倫者也，蓋有道則見，無道則隱者也。曷以知其然哉？夫傳嗣立嫡，周道也。爲國之大者，莫大於傳嗣，傳嗣之大，莫大於立嫡，不可不正也。苟一失其正，則覆亡篡奪之禍隨之。自秦氏肆虐，燔滅群聖之典，周道絶矣。絶而復傳之者，四先生也。昔漢祖攜一劍行四海，由布衣取天子位，斯可謂真主也。及夫禍亂既定，嗜慾既起，内有嬖寵之惑，外有廢嫡之議，群臣洶洶，莫之能止，四先生將因是時以行其道，故從子房而出，吐一言以正太子之位，非周道絶而四先生復傳之者乎？

然四先生之出，豈止爲漢而出哉？爲萬世而出也。漢祖起干戈中，素不喜儒，四先生懼其辱也，故旋

❶「盡」，四庫本作「即」。

踵而去，終於巖石之下，嗟乎！逮今千餘祀，人未有能知其潛德隱耀者。昔伯夷、叔齊諫武王，不食而死，非孔子稱之，則西山之餓夫也，後世孰稱之哉？司馬遷、班固不能博采厥善，發舒其光，爲四先生立傳，垂於無窮，斯其過矣。噫，萬世之下，使臣不敢戕其君者，夷、齊是也。萬世之下，使庶不敢亂其嫡者，四先生是也。

董仲舒論

孔子而下至西漢間，世稱大儒者，或曰孟軻氏、荀卿氏、揚雄氏而已，以其立言垂範，明道救時，功豐德鉅也。至於董仲舒，則忽而不舉。此非明有所未至，識有所未周乎？何哉？昔者秦滅群聖之言，欲愚四海也，蓋天奪之鑑，以授於漢，故生仲舒於孝武之世焉。於時大教頹缺，學者疏闊，莫明大端，❶仲舒曄然奮起，首能發聖道之本根，新孝武之耳目，上自二帝，下迄三代，其化基治具，咸得之於心而筆之於書，將以緝乾綱之絶紐，闢王道之梗塗矣。故其對策推明孔氏，❷抑黜百家，凡諸不在六藝之科、孔子之術者，皆絶其道，勿使並進。息滅邪説，斯可謂盡心於聖人之道者也。噫，暴秦之後，聖人之道晦矣，晦而復明者，仲舒之力也！彼孟軻、荀卿，當戰國之際，雖則諸子紛亂，然去聖未遠，先王之典經盡在。揚雄處新室之間，雖則

❶「莫明」，原作「明其」，據徐本、四庫本改。
❷「對」，原作「論」，據李本、徐本和四庫本改。

大禍是懼，然漢有天下滋久，講求典禮，抑亦云備，故其微言大法，感於聞見，❶揭而行之，張而爲教易爾。若仲舒，燔滅之餘，典經以壞，其微言大法，希於聞見，探而索之，駕以爲説，不其難哉？況乎暴秦之禍，甚於戰國之亂與新室之懼耶！然四子之道一也，使易地而處，則皆然矣。

愚嘗病世之學者鮮克知仲舒之懿，又病班孟堅作仲舒之贊，言「劉向稱『仲舒有王佐之才，伊、吕無以加，管、晏之屬，伯者之佐，殆不及也』。至向子歆，以爲淵源所漸，未及乎游、夏，而曰『管、晏不及』『伊、吕之不加』，過矣」。愚謂歆以仲舒盛德先覺，顧己弗及，疾而詆之者也，故雖其父言，亦以爲過。且仲舒於孔氏之門，其功深矣，觀其道也，出於游、夏遠矣。對孝武大明王道之端與夫「任德不任刑」之説，雖伊、吕，又何加焉？蓋用與不用耳。使孝武能盡師其言，決而用之，則漢室之德比隆三代矣，❷厥後曷有惑於神仙之事、困於征伐之弊哉？仲舒不用，非孝武之過，平津之罪也。平津嘗害其能而逐之，兩事驕主，才弗克施，既而退死於家，吁，可惜也！孟堅筆削之際，不能斥劉歆之浮論，惑而書之，失於斷矣。

---

❶「感」，徐本校作「洽」。

❷「漢室」，舊鈔本、李本、徐本等均作「漢氏」。

辨揚子

千古諸儒，咸稱子雲作《太玄》以準《易》。❶今考子雲之書，觀子雲之意，因見非準《易》而作也，蓋疾莽而作也。何哉？昔者哀、平失道，賊莽亂常，包藏禍心，竊弄神器，違天拂人，莫甚於此。雖火德中否，而天命未改，是以元元之心，猶戴於漢。是時不知天命者，争言符瑞，稱莽功德，以濟其惡，以苟富貴，若劉歆、甄豐之徒，皆位至上公，獨子雲恥從莽命，以聖王之道自守，故其位不過一大夫而已。子雲既能疾莽之篡逆，又懼來者蹈莽之跡，復肆惡於人上，乃上酌天時行運盈縮消長之數，下推人事進退存亡成敗之端，以作《太玄》。有三方、九州、二十七家、八十一部者，三公、九卿、二十七大夫、八十一元士之象也。❷玄，君象也，總而治之。起於牛宿之一度，終於斗宿之二十二度，而成八十一首、七百二十九贊、二萬六千二百四十四策，大明天人終始順逆之理，君臣上下去就之分，順之者吉，逆之者凶，以戒違天咈人與戕君盜國之輩。❸此子雲之本意也，孰謂準《易》而作哉？

---

❶「玄」，原避康熙諱作「元」，今回改。下同。

❷「士」，原作「子」，據舊鈔本、徐本和四庫本改。

❸「與」，原作「上」；「輩」，原作「者」，據四庫本改。

諸儒咸稱《太玄》準《易》者，蓋以《易緯》言「卦起於中孚，震、離、兑、坎配於四方，其八卦各主六日七分，❶以周一歲三百六十五日四分日之一」，執此而言之也。殊不知《易緯》者，陰陽家説，非聖人格言，若執此以爲《易》，則《易》之道泥矣。且《太玄》之爲《易》，猶四體之一支也，何以謂之「準《易》」者乎？斯言蓋根於桓譚論《太玄》曰「是書也，❷與《大易》準」，班固謂「雄以經莫大於《易》，故作《太玄》」。使子雲被僭《大易》之名於千古，是不知子雲者也。

書漢元帝贊後❸

儒者長世御俗，宣教化之大本也，宣帝不識帝王遠略，故鄙之曰：「俗儒好是古非今，使人眩於名實，不知所守，何足委任？」及夫元帝即位，徒有好儒之名，復無用儒之實，雖外以貢、薛、韋、匡爲宰相，而内以弘恭、石顯爲腹心，❹其宰相但備位而已。自恭、顯殺蕭望之、京房之後，群臣側足喪氣，畏權懼誅，雖睹朝廷之失、刑政之濫，莫復敢有抗言於時者。元帝昏然不寤，益信恭、顯，是以姦邪日進，紀綱日亂，風俗日壞，災

❶ 「八」，徐本校作「六十」。
❷ 「論」，原無，據四庫本補。
❸ 「書漢元帝贊後」，原作「漢書元帝贊後」，據徐本、四庫本改。
❹ 「弘」，原避乾隆諱作「宏」，今回改。下同。

異日見，孝宣之業，職此衰矣。而史固稱「上少而好儒，及即位，登用儒生，委之以政，故貢、薛之徒迭爲宰相，而上牽制文義，優游不斷，孝宣之業衰焉」。噫，史固所謂「牽文義」者，非儒者之文義乎？昔宣帝嘗怒元帝言用儒生，亂其家者也，此史固不思之甚矣。向使元帝能納蕭望之、劉更生、京房、賈捐之之謀，退去憸人，進用碩老，與之講求治道，以天下爲心，則邦家之體、祖宗之烈，可垂於無窮矣，安有衰滅者哉？史固筆削論定善惡之際，何不書「上即位，登用儒生，不能委之政，牽制佞倖，優游不斷，孝宣之業衰焉」？如是，則褒貶得其中矣。吾大懼後世繼體守文之君，覽史固之贊，以爲自惜儒生之不足爲用也，❶而委任佞倖，以致衰亂，禍不淺矣。

書賈誼傳後

讀《漢書》者，靡不尤文帝、偉賈生。吾觀賈生宣室對鬼神之事，竊謂漢世多言神怪者，由賈生啓之於前，而公孫卿之徒寖之於後也。且怪力亂神，聖人之所不語，賈生何得極其神怪虛無之言，使文帝爲之前席？若以爲辨，斯則辨矣，然於世主何所補哉？此非賈生自以被謗謫去，久而復用，諛辭順旨而對之者乎？然則何以與文帝言也如嚮之若是哉？厥後遂使新垣平得以肆其闊誕，文帝作渭陽五帝廟，又長門立五帝壇，安以祈福。逮乎孝武，尤好鬼神之祀，李少君以祠竈、穀道進，亳人繆忌以祀泰一方進，及齊人少

❶「惜」，徐本、四庫本作「昔」。

翁、東膠欒大、❶公孫卿皆以言怪得幸，以亂漢德。故曰：漢世多言神怪者，賈生啓之於前，而公孫卿之徒寖之於後也。

噫！古稱誼有王佐才，吾觀誼所陳，一痛哭，二流涕，六長歎息，❷誼誠王佐才也。若文帝聰明而能斷，用之而不疑，則功德可量哉？惜其失於言也。吾懼後世之復有年少才如賈生者，不能以道終始，因少有推躓，❸而諛辭順旨，妄言乎天子前，以啓怪亂之階也。

罪平津

成天下之至治者，有君也，有臣也。有君而無臣，不足以成至治。有臣而無君，不足以成至治。聖如堯舜，以皋陶、大禹、后夔、伯夷佐佑之；賢如禹湯，以伯益、后稷、伊尹、仲虺翼輔之，然後能致其盛德大業，輝照於千古而不可攀，況其下者乎？故曰成天下之至治者，有君也，有臣也。

三代既往，西漢爲盛。吾觀孝武，聰明而宏遠，聽斷在己，有禹湯之資，然其盛德大業，終弗克以濟之

---

❶「東」，原作「秉」，據徐本改。

❷「六」上，原衍一「三」字，據徐本、四庫本删。

❸「推」，原作「惟」，據徐本改。

者，有君無臣也。昔秦氏肆虐，❶群聖之道燼矣。高祖以干戈取天下，故講求之未暇也。孝惠暗懦，不足以議。孝文、孝景，止以恭儉爲天下先。惟孝武天啓其衷，巍然獨出，思以復三代之至治也，於是尊用儒術，勵精古道，出府庫以購其書，空巖穴以聘其賢，由是天下爲之丕變而嚮方焉。噫！群賢之道，迨秦而燼，微孝武則將泯泯而弗章矣，孝武之功也，盛哉！是時，平津起徒步，不數年，位居丞相，非不用也。向使平津能内竭乃誠、外采群議以啓沃，使孝武日聞其所未聞，日至其所未至，則三代之至治，可不日而復矣。嗟乎！平津無制禮作樂、長世御民之才，但以持禄固位、自圖安樂爲事。本傳稱「每朝會議，開陳其端，使人主自擇，不肯面折廷諍」，又嘗稱「與公卿約議，至上前，皆背其約，以順上旨」，此非持位固禄、自圖安樂者乎？孝武職此之由，其心蕩矣。自是方士邪怪之説得以入焉。按平津元朔五年十一月代薛澤爲丞相，❷元狩二年三月薨，且孝武崇神仙之淫祀，惑少君之妖言，祠竈入海以求神仙不死之事，此皆平津之所睹也，蔑聞吐一言以救之，卒使孝武之心蕩而不復，爲千古笑，誠可惜也。伊尹有言曰：「予不克俾厥后爲堯舜，予心愧恥，若撻于市。」嗟乎！平津無伊尹之心，誠可罪也。

---

❶「氏」，原作「代」，據舊鈔本、徐本改。

❷「入焉按平津」五字，原闕，據徐本補。

無爲指上

無爲者，其虞氏之大德與？非曠然不爲也。始不求於天下而天下自歸之，終不受於天下而天下自授之，❶自生民以來，虞氏一人而已。昔在歷山而耕焉，雷澤而漁焉，河濱而陶焉，當是時也，彼孰有意於天下哉？及乎孝德升聞，堯遽以天下禪之。舜既受堯禪，夙夜兢兢，懼德弗類，以天下者，堯之天下也，不以堯之道治之，則其天下之民有不得其所者矣，於是盡履堯之道行之，俾其天下之民不異於堯之世也。舜居位既久，復以堯之天下、堯之道盡與之禹，此舜之德，其可謂大德也矣！夫舜之天下，堯之天下也；舜之道，堯之道也。舜始得之於堯，而終傳之禹，此舜之無所爲也章章矣。噫，上無堯，下無禹，孰可高視而稱於無爲哉？上堯而下禹，舜所以得高視而無爲也。不然，則孔子上顧伏羲，下訖文、武，筆於六經，❷爲萬世法，何不曰無爲而治者，伏羲也，黄帝也，堯也，禹也，湯也，文、武也，止曰「其舜也與」哉？

若以無爲爲曠然而不爲，則《書》何以曰「齊七政，類上帝，禋六宗」；又曰「覲四岳，班瑞于群后」；又曰「東巡守，至于岱宗，協時、月正日，同律、度、量、衡。修五禮、五玉」；又曰「南巡守，至于南岳。西巡守，至于西岳。北巡守，至于北岳」；又曰「肇十有二州，封十有二山」；又曰「流宥五刑」；又曰「流共工，放驩兜，

---

❶「受」，原作「授」，據徐本改；「授」，原作「受」，據舊鈔本、徐本改。

❷「六」，原作「大」，據舊鈔本、徐本改。

竄三苗，殛鯀」；又曰「詢四岳，闢四門，明四目，達四聰」；又曰「禹平水土」；又曰「黎民阻飢，后稷播植百穀」；又曰「百姓不親，五品不遜」；又曰「蠻夷猾夏，寇賊姦宄」；以至「五十載陟方乃死」之類。此舜有爲，其繁也，如是之甚矣！且《書》者，聖筆親删也，孔子覩舜之有爲，其繁也如是之甚，安可反謂之「無」哉？由是觀之，則知無爲者，非曠然而不爲也。

無爲指下

無爲之道，其至矣哉！非虞帝，孰能與於此？後之帝天下者，不思虞帝之德，而慕虞帝之無爲，吾未見其可也。三代而下，不思虞帝之大德，而冒虞帝之無爲者衆，以世之憸佞媮巧之臣或啓導之，❶既不陳虞帝之大德以左右厥治，則枉引佛老虚無清淨、報應因果之説，交亂乎其間，敗於君德，吁，可痛也！觀其惑佛老之説，忘祖宗之勤，罔畏天命之大，靡顧神器之重，委威福於臣下，肆宴安於人上，冥焉莫知其所行，蕩焉莫知其所守，曰「我無爲矣」，至綱頽紀壞，上僭下偪，昏然而不寤者，得不痛哉！且夫天下之廣，億兆之衆，一日萬幾，兢兢翼翼，猶懼不逮，而佛老之説其可惑乎？祖宗之勤其可忘乎？天命之大其可罔畏，神器之重其可罔顧，肆於人上乎？斯何沉惑不聞如是甚也？❷昔秦始、漢武，始則惑於虚無清淨之説，終則

---

❶「以」，徐本校作「又」，上有「矣」字。

❷「何」，原作「可」，據徐本、四庫本改。

溺於長生神仙之事；梁武、齊襄、姚興，始則惑於因果報應之説，終則溺於解脱菩提之事，卒皆淪胥以亡，勢不克救。此簡策具載，可覆而驗也。惟漢賴高祖除秦之暴，功宏德茂，天未厭絶，玆亦幸而已，何足尚哉？吾嘗求無爲之端，且病歷代諸儒不能揚孔子之言，鋪而明之，俾其炳炳如也。故佛老之徒，得以肆其怪亂之説，厠於其間，爲千古害，故盡擴其説所以然，❶作《無爲指》，庸爲帝天下者戒。

寄范天章書一

月　日，布衣孫復謹再拜，寓書於判監天章執事：

今主上聰明睿哲，紹隆三聖之緒十有四年，將固太平之業，傳之於無窮也。夙夜兢兢，弗敢怠荒，思得中正純亮之臣協贊之。以執事頃居諫署，多箴規藥石之益，亟自蘇臺召入，將大用之。而執事拜章懇求莅於太學者，斯蓋執事不汲汲於富貴，而孜孜於聖賢之教化也。

夫太學者，教化之本根，禮義之淵藪，王道之所由興，人倫之所由正，俊良之所由出。是故舜、禹、文、武之世，莫不先崇大於膠序，而洽至治於天下者焉。今執事懇求而莅之者，吾知之矣：執事將俾我宋之學，爲舜、禹、文、武之學也。既俾吾宋之學爲舜、禹、文、武之學，是將俾吾宋公卿大夫之子弟爲舜、禹、文、武公卿大夫之子弟也。既教吾宋公卿大夫之子弟爲舜、禹、文、武公卿大夫之子弟，然後以舜、禹、文、武之道上致

❶「説」下，四庫本有「之」字。

吾君，爲舜、禹、文、武之君也。既致吾君爲舜、禹、文、武之君，然後以舜、禹、文、武之道下躋吾民，爲舜、禹、文、武之民也。自京師刑于邦國，達于天下，皆雍雍如也。茲其執事之心也已！

然念欲求舜、禹、文、武之道者，必質諸周公、孔子而後至焉耳。今執事既莅是學也，將行是道也，非一手一目之所能，必須博求鴻儒碩老能盡知舜、禹、文、武、周公、孔子之道者，❶增置學官相左右之，俾朝夕講議舜、禹、文、武、周公、孔子之道，以教育乎國子也。復竊嘗觀於今之士人，能盡知舜、禹、文、武、周公、孔子之道者鮮矣，何哉？國家踵隋唐之制，專以辭賦取人，故天下之士，皆奔走致力於聲病對偶之間，探索聖賢之閫奥者，百無一二，向非挺然持古、不狥世俗之士，則孰克舍於彼而取於此乎？由是言之，則執事莅是學，行是道，增置學官之際，可不慎擇乎？

今有大名府魏縣校書郎士建中、南京留守推官石介二人者，其能知舜、禹、文、武、周公、孔子之道者也。非止知之，又能揭而行之者也。執事若上言於天子，次言於執政，以之爲學官，必能恢張舜、禹、文、武、周公、孔子之道，以左右執事，教育國子，丕變於今之世矣。復閒退之人，固不當語及於是，然敢孜孜布於執事之左右者，非爲諸己也，蓋爲諸人也；非爲諸人也，蓋爲諸道也。執事以爲何如？若以復愚且賤而言不可取，則復學聖人之道三十年，雖愚且賤，豈妄言乎？惟執事圖之。

---

❶「者」，原作「也」，據徐本、四庫本改。

寄范天章書二

伏以宋有天下八十餘祀，四聖承承，厖鴻赫奕，逾唐而跨漢者遠矣。主上思復虞夏商周之治道於聖世也，考四代之學，崇橋門辟水之制，故命執事以莅之。大哉，主上尊儒求治之心也至矣！然則虞夏商周之治，其不在於六經乎？舍六經而求虞夏商周之治，猶泳斷湟污瀆之中望屬於海也，❶其可至矣哉？噫，孔子既没，七十子之徒繼往，六經之旨鬱而不章也久矣，加以秦火之後，破碎殘缺，多所亡散，漢魏而下，諸儒紛然四出，争爲注解，俾我六經之旨益亂，而學者莫得其門而入。觀夫聞見不同，是非各異，駢辭贅語，數千百家，不可悉數。今之所陳者，正以先儒注解之説大行於世者，❷致於左右，幸執事之深留意焉！

國家以王弼、韓康伯之《易》，左氏、公羊、穀梁、杜預、何休、范甯之《春秋》，毛萇、鄭康成之《詩》，孔安國之《尚書》，鏤板藏於太學，頒於天下。又每歲禮闈設科取士，執爲準的，多士較藝之際，一有違戾於注説者，即皆駁放而斥逐之。復至愚至暗之人，不知國家以王、❸韓、左氏、公羊、穀梁、杜、何、范、毛、鄭、孔數子之説，咸能盡於聖人之經耶？又不知國家以古今諸儒服道窮經者，皆不能出於數子之説耶？若以數子之説

---

❶「湟」，原作「湼」，據舊鈔本、徐本改。

❷「正」，舊鈔本、徐本作「止」。

❸「以」，原無，據四庫本補。

咸能盡於聖人之經，則數子之説不能盡於聖人之經者多矣。若以古今諸儒服道窮經皆不能出於數子之説，則古今諸儒服道窮經，可出於數子之説者亦甚衆矣。❶噫，專守王弼、❷韓康伯之説而求於《大易》，吾未見其能盡於《大易》者也；專守左氏、公羊、穀梁、杜預、何休、范甯之説而求於《春秋》，吾未見其能盡於《春秋》者也；專守毛萇、鄭康成之説而求於《詩》，吾未見其能盡於《詩》者也；專守孔安國之説而求於《書》，吾未見其能盡於《書》者也。彼數子之説，既不能盡於聖人之經，而可藏於太學、行於天下哉？又後之作疏者，無所發明，但委曲踵於舊之注説而已。復不佞，游於執事之牆藩者有年矣。執事病注説之亂六經，六經之未明，復亦聞之矣。今執事以内閣之崇，居太學教化之地，是開聖闡幽、芟蕪夷亂、興起斯文之秋也。幸今天下無事，太平既久，鴻儒碩老駕肩而起，此豈又減於漢魏之諸儒哉？❸執事亟宜上言天子，廣詔天下鴻儒碩老，置於太學，俾之講求微義，殫精極神，參之古今，覆其歸趣，❹取諸卓識絶見大出王、韓、左、穀、公、杜、何、毛、范、鄭、孔之右者，重爲注解，俾我六經廓然瑩然，如揭日月於上，而學者庶乎得其門而入也。如是，則虞夏商周之治，可不日而復矣，不其休哉！執事若以數子之説行之久矣，不可遽而去之，則唐李善以梁

❶「衆」，原作「深」，據舊鈔本、徐本改。
❷「守」，李本、徐本和四庫本作「主」。
❸「豈又」，徐本校作「又豈」。
❹「覆」，徐本作「覈」。

昭明太子《文選》五臣注未盡，别爲注釋。❶且《文選》者，多晉、宋、齊、梁間文人靡薄之作，雖李善注之，何足貴也，國家尚命鏤板，置諸太學，況我聖人之經乎？安可使其鬱而不章者哉？幸執事之深留意焉。

上孔給事書

月　日，布衣孫復謹再拜，獻書孔知府龍圖執事：

復名晦迹沉，學夫子之道三十年，雖不爲世之所知，未嘗以此摇其心，敢一日而叛去。所謂夫子之道者，治天下，經國家，大中之道也。其道基於伏羲，漸於神農，著於黄帝、堯、舜，章於禹、湯、文、武、周公。然伏羲而下，創制立度，或略或繁，我聖師夫子，從而益之損之，俾協厥中，筆爲六經。由是治天下，經國家，大中之道焕然而備。此夫子所謂大也，其出乎伏羲、神農、黄帝、堯、舜、禹、湯、文、武、周公也遠矣！噫，自夫子没，諸儒學其道、得其門而入者鮮矣，惟孟軻氏、荀卿氏、揚雄氏、王通氏、韓愈氏而已。彼五賢者，天俾夾輔於夫子者也。天又以代有空闊、誕謾、奇嶮、淫麗、譎怪之説，亂我夫子之道，故不並生之。一賢没，一賢出，羽之翼之，垂諸無窮。此天之意也，亦甚明矣。不然，則戰國迨於李唐，空闊、誕謾、奇嶮、淫麗、譎怪之説，亂我夫子之道者數矣，非一賢没，一賢出，羽之翼之，則晦且墜矣。既晦且墜，則天下夷狄矣，斯民鳥獸矣。由是言之，則五賢之烈大矣！後之人不以夫子之道爲心則已，若以爲心，則五賢之烈，其可忽乎哉？

---

❶「别」，原作「則」，據徐本、四庫本改。

近得友人石介書，盛稱執事於聖祖家廟中，構五賢之堂，象而祠之，且曰：「孔侯之心至矣，吾輩不是之，而將何之也？」復聞之，躍然而起，大呼張洞、李藴曰：「昔夫子之道，得五賢而益尊；今五賢之烈，由龍圖而愈明。」龍圖公，聖人之後也，爲宋巨賢，宜乎盡心於此矣。龍圖公其不盡心，則孰盡心哉？國朝自柳仲塗開、王元之禹偁、孫漢公何、种明逸放、張晦之景既往，雖來者紛紛，鮮克有議於斯文者，誠可悲也。斯文之下衰也久矣，俾天下皆如龍圖，構五賢之堂，象而祠之，則斯文其有不興乎？吾輩得不奔走於牆藩之下，一拜龍圖公之賢哉，又且賀斯文將復也？接之，拒之，惟執事之命！

答張洞書

復白明遠足下：十月洎正月中，兩辱手書，辭意勤至，道離群外。以僕居今之世，樂古聖賢之道與仁義之文也，遠以尊道扶聖、立言垂範之事問於我，我幸而志於斯也有年矣。重念世之號進士者，率以砥礪辭賦、晞覘科第爲事，❶若明遠穎然獨出，不汲汲於彼而孜孜於此者，幾何人哉！然吾懼明遠年少氣勇，而欲速成，無以致於斯文也，故道其一二，明遠熟察之而已。

夫文者，道之用也；道者，教之本也。故文之作也，必得之於心，而成之於言。得之於心者，明諸内者也；成之於言者，見諸外者也。明諸内者，故可以適其用；見諸外者，故可以張其教。是故《詩》《書》《禮》

❶「晞」，原作「晞」，據舊鈔本改。

《樂》《大易》《春秋》之文也，總而謂之經者，以其終於孔子之手，尊而異之爾，斯聖人之文也。後人力薄，不克以嗣，但當左右名教，夾輔聖人而已。或則列聖人之微旨，或則擿諸子之異端，或則發千古之未寤，或則正一時之所失，或則陳仁政之大經，或則斥功利之末術，或則揚聖人之聲烈，或則寫下民之憤歎，或則陳大人之去就，或則述國家之安危，必皆臨事摭實，有感而作。爲論，爲議，爲書、疏、歌、詩、贊、頌、箴、辭、❶銘、説之類，雖其目甚多，同歸於道，皆謂之文也。若肆意構虚，無狀而作，非文也，乃無用之瞽言爾，徒污簡策，何所貴哉？明遠無志於文則已，若有志也，必在潛心而索其道。❷潛心而索其道，則其所得也必深。其所得也既深，則其所言者必遠。既深且遠，則庶乎可望於斯文也。不然，則淺且近矣，曷可望於斯文哉？

噫，斯文之難至也久矣！自西漢至李唐，其間鴻生碩儒，摩肩而起，以文章垂世者衆矣，然多楊墨、佛老虚無報應之事，沈、謝、徐、庾妖艷邪哆之言，雜乎其中，至有盈編滿集，發而視之，無一言及於教化者。此非無用瞽言，徒污簡策者乎？至於始終仁義，不叛不雜者，惟董仲舒、揚雄、王通、韓愈而已。由是言之，則可容易至之哉？若欲容易而至，則非吾之所聞也。明遠熟察之，無以吾言爲忽。不宣。

---

❶「辭」，舊鈔本、徐本作「解」。

❷「潛心」，舊鈔本、李本、徐本、四庫本等均作「潛其心」。下「潛心」同。

兖州鄒縣建孟子廟記❶

孔子既没，千古之下，駕邪怪之説，肆奇險之行，侵軼我聖人之道者衆矣，而楊墨爲之魁，故其罪劇。孔子既没，千古之下，攘邪怪之説，❷夷奇險之行，夾輔我聖人之道者多矣，而孟子爲之首，故其功鉅。昔者二豎去孔子之世未百年也，以無父無君之教行於天下，天下惑而歸之。嗟乎！君君、臣臣、父父、子子，邦國之大經也，人倫之大本也，不可斯須去矣，而彼皆無之，是敺天下之民，舍中國之夷狄也，禍孰甚焉？非孟子莫能救之。故孟子慨然奮起，大陳堯、舜、禹、湯、文、武、周公、孔子之法，驅除之以絶其後，拔天下之民於夷狄之中，而復置之中國，俾我聖人之道炳焉不墜。故揚子雲有言曰：「古者楊墨塞路，孟子辭而闢之，廓如也。」韓退之有言曰：「孟子之功，予以謂不在禹下。」然子雲述孟子之功，不若退之之言深且至也。何哉？洚水横流，大禹不作，則天下之民魚鼈矣；楊墨暴行，孟子不作，則天下之民禽獸矣，謂諸此也。❸

景祐丁丑歲夕，拜龍圖孔公爲東魯之二年也。公，聖人之後，以恢張大教、興復斯文爲己任，嘗謂：「諸

❶ 此題下排印本有「景祐五年」四字注。
❷ 「攘」，原作「壤」，據舊鈔本、四庫本改。
❸ 「謂諸」，原作「諸謂」，據徐本改。

儒之有大功於聖門者，無先於孟子。孟子力平二豎之禍，而不得血食於後，茲其闕已甚矣。《祭法》曰：『能禦大菑則祀之，能捍大患則祀之。』孟子可謂能禦大菑、能捍大患者也。且鄒昔爲孟子之里，❶今爲所治之屬邑，❷吾當訪其墓而表之，新其祠而祀之，以旌其烈。」於是符下，仰其官吏博求之，❸果於邑之東北三十里，❹有山曰「四基」，❺四基之陽得其墓焉。遂命去其榛莽，肇其堂宇，以公孫、萬章之徒配。越明年春，廟成，俾泰山孫復銘而志之。❻復學孔而希孟者也，世有蹈邪怪奇嶮之迹者，常思嗣而攻之，況承公命而志其廟，又何敢讓？嘻，子雲能述孟子之功而不能盡之，退之能盡之而不能祀之，惟公既能盡之，又能祀之，不其美哉！故直筆以書之。

景祐五年歲次戊寅三月　日記。

❶「昔」下，原有「以」字，據排印本及宋刻本《宋文選》删。

❷「邑」，原作「也」，據排印本及《宋文選》改。

❸「仰」，徐本校作「俾」。

❹「於」，原作「所」，據徐本改。

❺「四基」，原作「四墓」，據排印本及《宋文選》改。下「四基」同。

❻「銘」，原作「明」，據排印本及《宋文選》改。

信道堂記❶

聖賢之迹，無進也，無退也，無毁也，無譽也，唯道所在而已。用之則行，舍之則藏，孰爲進哉？孰爲退哉？考諸三王而不謬，建諸天地而不悖，質諸鬼神而無疑，百世以俟聖人而不惑，孰爲毁哉？孰爲譽哉？吾之所謂道者，❷堯、舜、禹、湯、文、武、周公、孔子之道也，孟軻、荀卿、揚雄、王通、韓愈之道也。吾學堯、舜、禹、湯、文、武、周公、孔子、孟軻、荀卿、揚雄、王通、韓愈之道三十年，處乎今之世，❸故不知進之所以爲進也，退之所以爲退也，毁之所以爲毁也，譽之所以爲譽也。其進也，以吾堯、舜、禹、湯、文、武、周公、孔子、孟軻、荀卿、揚雄、王通、韓愈之道進也，於吾躬何所進哉？其退也，以吾堯、舜、禹、湯、文、武、周公、孔子、孟軻、荀卿、揚雄、王通、韓愈之道退也，於吾躬何所退哉？其見毁也，以吾堯、舜、禹、湯、文、武、周公、孔子、孟軻、荀卿、揚雄、王通、韓愈之道見毁也，於吾躬何所毁哉？其獲譽也，以吾堯、舜、禹、湯、文、武、周公、孔子、孟軻、荀卿、揚雄、王通、韓愈之道獲譽也，於吾躬何所譽哉？故曰：聖賢之迹，無進也，無退也，無毁也，無譽也，唯道所在而已。

---

❶ 此題下排印本有「景祐五年正月三日」八字注。

❷ 「謂」，原作「爲」，據舊鈔本改。

❸ 「乎」，原作「非」，據徐本改。四庫本作「於」。

予丁丑歲秋九月，作堂於泰山之陽。明年春，堂既成，以是道處是堂，故命之曰「信道堂」云。

景祐五年正月三日記。

儒辱

《禮》曰：「四郊多壘，此卿大夫之辱也。地廣大，荒而不治，此亦士之辱也。」噫，卿大夫以四郊多壘爲辱，士以地廣大、荒而不治爲辱，然則仁義不行，禮樂不作，儒者之辱與？夫仁義禮樂，治世之本也，王道之所由興，人倫之所由正。捨其本，則何所爲哉？噫，儒者之辱，始於戰國，楊朱、墨翟亂之於前，申不害、韓非雜之於後。漢魏而下，則又甚焉。佛老之徒，横乎中國，彼以死生禍福、虚無報應爲事，千萬其端，惑我生民。❶絶滅仁義，以塞天下之耳；屏棄禮樂，以塗天下之目。天下之人，愚衆賢寡，懼其死生禍福報應，人之若彼也，莫不争舉而競趨之。觀其相與爲群，紛紛擾擾，周乎天下，於是其教與儒齊驅並駕，峙而爲三。吁，可怪也！且夫君臣、父子、夫婦，人倫之大端也。彼則去君臣之禮，絶父子之戚，滅夫婦之義，以之爲國則亂矣，以之使人則悖矣！❷儒者不以仁義禮樂爲心則已，若以爲心，則得不鳴鼓而攻之乎？凡今之人，與人争詈，小有所不勝，則尚以爲辱，矧彼以夷狄、諸子之法亂我聖人之教耶？其爲辱也，大哉！

---

❶「惑」，李本、四庫本作「紿」。

❷「則悖」，舊鈔本、李本、徐本等均作「賊作」。

噫，聖人不生，怪亂不平，故楊墨起而孟子闢之，申韓出而揚雄距之，佛老盛而韓文公排之。微三子，則天下之人胥而爲夷狄矣。惜夫三子，道有餘而志不克就，力足去而用不克施。若使其志克就，其用克施，則芟夷藴崇，絶其根本矣。嗚呼！後之章甫其冠，縫掖其衣，不知其辱，而反從而尊之者多矣，得不爲罪人乎！由漢魏而下，迨於兹千餘歲，其源既深，其本既固，不得其位，不剪其類，其將奈何！其將奈何！故作《儒辱》。

世子蒯聵論

正名者，傳嗣立嫡之謂也。爲國之道，莫大於傳嗣，傳嗣之道，莫大於立嫡，所以防僭亂而杜篡奪也。用能尊統傳緒，承承而不絶。故子路問於孔子曰：「衛君待子而爲政，子將奚先？」孔子以靈公無道，不能先正厥嗣，以靖其國，卒使蒯聵父子争立，以亂於衛，故對曰：「必也正名乎？名不正，則言不順；言不順，則事不成；事不成，則禮樂不興；禮樂不興，則刑罰不中；刑罰不中，則民無所措手足。」謂諸此也。

何以辨諸？按《春秋》定十四年，衛世子蒯聵出奔宋；哀二年，晉趙鞅帥師納衛世子蒯聵於戚。蒯聵出奔宋者，蒯聵有殺母之罪，懼而奔宋也。納衛世子蒯聵於戚者，靈公既死，蒯聵爲輒所拒，不得入衛也。且蒯聵有殺母之罪，懼而奔宋，靈公固宜即而廢之，擇其次當立者，以定嗣子之位也。靈公不能先定嗣子之位，故使公子郢得立輒於後，以亂於衛。夫蒯聵者，靈公之子也；輒者，蒯聵之子也。輒既立，則蒯聵無以立矣。蒯聵無以立，則必反而争其國。既反而争其國，則輒必拒之。輒既拒之，是棄其父而立其子，教其子以拒其父也。噫，君君、臣臣、父父、子子，邦國之大經也。彼則棄其父而立其子，教其子以拒其父，君不君，臣不臣，父不父，子不子，禽獸之道也，人理滅矣。是故蒯聵出奔宋，納於戚，《春秋》皆正其世子之名而書之者，惡靈公而不與輒也。惡靈公者，惡其不能正厥嗣以靖其國。不與輒者，不與其爲人子而拒其父也。或曰：「若蒯聵者，獨無惡乎？」曰：蒯聵有殺母之罪，當絶，反而争其國，是爲篡國。故經書「納」焉。納者，篡辭也。孰謂蒯聵獨無惡哉？然則蒯聵之篡國，輒之拒父，皆靈公爲之也。皆靈公爲之者，靈公生不能治其室，死不能正其嗣也。故《春秋》參譏之。此乃聖人正君臣、明父子、救昏亂、厚人倫之深旨也。而世之説者以爲正百世之名者，失之教矣。❶

詩

蠟燭

六龍西走入崦嵫，寂寂華堂漏轉時。一寸丹心如見用，便爲灰燼亦無辭。

❶「教」，四庫本作「踈」。

八月十四夜❶

銀漢無聲露暗垂，玉蟾初上欲圓時。❷清樽素瑟宜先賞，明夜陰晴不可知。❸

論學

冥觀天地何云爲，茫茫萬物争蕃滋。羽毛鱗介各異趣，披攘攫搏紛相隨。人亦其間一物爾，餓食渴飲無休時。苟非道義充其腹，何異鳥獸安鬚眉。人生在學勤始至，不勤求至無由期。孟軻荀況揚雄氏，❹當時未必皆生知。因其鑽仰久不已，遂入聖域争先馳。既學便當窮遠大，勿事聲病淫哇辭。斯文下衰吁已久，勉思駕説扶顛危。擊暗歐聾明大道，❺身與姬孔爲藩籬。是非豐頞若不學，慎無空使精神疲。

---

❶ 此詩題四庫本《歲時雜詠》作「同范秘閣賦八月十四日夜月」，四庫本《古今事文類聚》作「同范秘閣賦八月十四夜月」。

❷ 「欲」，《歲時雜詠》作「月」。

❸ 「不」，《歲時雜詠》《古今事文類聚》作「未」。

❹ 「荀況」，李本、徐本和四庫本均作「荀卿」。

❺ 「歐聾」，四庫本作「馳聲」。

詩文補

文二篇

上鄭宣撫啓❶

房推如晦，遂同天策之登瀛；婁薦懷英，終藉虞淵之取日。慶希闊千齡之遇，借吹嘘一字之褒。刮垢磨光，硎發豐城之劍；澡身浴德，雲從彭澤之梭。無煩貢禹之彈冠，已荷孔融之薦鶚。故蕭夫子獎能太重，而荀令君進德不休。謂天下未嘗無賢，苟有用我者；儻君子不得進仕，吾何以觀之？要如崔相之擬官，無若長平之奉法。俾士有報恩之薦，而賢無在野之遺。

恭惟某官，通德家聲，廣文才譽。題衡忠義，差肩從讜之英猷；推轂賢才，繼踵當時之盛烈。德聳瑶林之秀，量澄玉海之清。邁曠遠之高標，藴森嚴之直氣。才兼文武，端如萬里之長城；身繫安危，遂寢四郊之多壘。既躋民于仁壽，遂卧鼓於邊庭。履正奉公，廓變西南之俗；輕徭薄賦，惠康參井之墟。洗虐政之煩

❶ 以下兩文輯自四川大學校點本《全宋文》卷四〇一，原校點者爲尹波。

苛，成大功于旦暮。佇膺芝檢，迅陟槐庭。如山如河，屏翰聖人之德；作舟作礪，甄陶天下之民。伏念某黃卷腐儒，青氈衰緒。棄繻憤悱，朝昏太學之虀鹽；映雪飄零，饜飫古人之糟粕。嶔崎歷落之可笑，險阻艱難之備嘗。轉喉多觸諱之聲，炙手無可熱之勢。幸託雲天之庇，敢辭闒柝之卑；恪修春蚓之書，仰瀆右貂之重。淮南雞犬，傾心五色之丹；冀北駑駘，妄意千金之市。（録自《五百家播芳大全文粹》卷四六。又見《啓雋類函》卷六六，《八代四六全書》卷一二。）

世子蒯聵論二

《春秋》既正蒯聵世子之名，而左氏、公羊氏、穀梁氏傳之，俱無一言解經稱世子之義。夫傳，所以解經也，傳而不解，安用傳爲？唯江熙注《穀梁》曰：「齊景公廢世子，世子還國，書『篡』。若靈公廢蒯聵立輒，則蒯聵不得復稱曩日之世子也。稱蒯聵爲世子，則靈公不命輒，審矣。此矛楯之喻。然則從王父之言，傳似失矣。經云『納衛世子』『鄭世子忽復歸於鄭』，稱『世子』，明正也。明正，則拒之者非耶？」愚謂蒯聵稱世子之義，傳既失之，熙亦未爲得也。且蒯聵有殺母之罪當絶，當絶則不得爲嗣，故經稱「納衛世子」。納者，篡辭也。此則蒯聵還，亦書「篡」，非獨齊世子還而書「篡」也。然蒯聵猶稱曩日之世子者，乃孔子正其名而書之爾，非爲靈公不命輒而書之也，熙安得謂「稱蒯聵爲世子，則靈公不命輒審矣」哉？

又忽稱世子者，與蒯聵異矣。觀鄭忽之出奔也，非得罪而見逐也，蓋以莊公既卒，鄭忽當嗣，爲宋人執祭仲以立突，篡而失國也。況乎突之篡忽者，兄弟也；輒之拒蒯聵者，父子也。是故忽之出奔也，書曰：「鄭忽出奔衛。」去世子者，譏不能制其弟突以失國也。及乎還也，書曰：「鄭世子忽復歸于鄭。」稱世子者，善其能反正於鄭也。若蒯聵則不然。蒯聵之出奔也，書曰：「衛世子蒯聵出奔宋。」及乎還也，書「晉趙鞅帥師納衛世子蒯聵于戚」。出奔與納，俱稱世子者，明蒯聵正嫡當嗣，輒不得拒也。由是言之，則熙安得引鄭世子忽以解蒯聵稱世子之義哉？則知世之説者不能辨傳嗣立嫡之道者，由三傳失之於前，説者惑之於後也。（録自《國朝二百家名賢文粹》卷二四。又見《歷代名賢確論》卷二〇。）

詩六首

中秋夜不見月❶

長記去年中秋玩月出草堂，冰輪直可鑑毫芒。是時家釀又新熟，呼童開席羅清觴。纖埃不起零露下，對此陶陶樂未央。自顧時逢堯舜世，❷上下清明無穢荒。吁嗟今夕何不幸，正逢屏翳恣猖狂。浮雲左右争擁蔽，愛而不見涕沾裳。嫦娥無語縮頭何處坐，胡不開口走訴上帝旁。立召飛廉舉其職，驅除擁蔽揚清光。瑩然高照遥天外，免教萬國如瞽空倀倀。（録自《歲時雜詠》卷三二。）

---

❶ 該詩至《又賦十五夜月》五首，輯自北京大學校點本《全宋詩》，原整理者爲吕友仁。

❷「時」，《古今事文類聚》作「如」。

中秋歌

明月一歲中，影圓十二回。❶如何今夕裏，爭賞羅樽罍。既愛盈盈色，更上高高臺。人心莫如此，❷試爲君言哉。月者水之精，秋者金之氣。金水性相生，五行分其事。則知天地間，相感各以類。水得金還盛，月因秋更清。氣類使之然，人誰不有情。可憐別夜色，一一皆銷聲。自昔詩家流，吟皆不到此。徒能狀光彩，豈解原終始。冥搜詎有得，燥吻真何以。請看退翁歌，❸其的能中矣。❹（録自《歲時雜詠》卷三一。）

中秋月

度度思真賞，幽期邈始還。金行分此夜，桂子落何山？座席清風裏，人家灝氣間。飲懷與吟興，徹曙兩非閒。（録自《歲時雜詠》卷三二。）

中秋月

十二度圓皆好看，就中圓極在中秋。前峰獨上還吟翫，高興多於庾亮樓。（録自《歲時雜詠》卷三二。）

---

❶「回」，《古今事文類聚》作「迴」。
❷「莫如」，《古今事文類聚》作「不知」。
❸「翁」，《古今事文類聚》作「公」。
❹「能」，《古今事文類聚》作「深」。

又賦十五夜月

清賞年年恐失期，人人不覺望中衰。素娥須信多靈藥，長見嬋娟似舊時。（録自《歲時雜詠》卷三二。）

堠　子

直立亭亭若短峰，畫分南北與西東。從來多少迷途者，盡使平趍大道中。（録自《古今事文類聚》續集卷三。）

附録

宋史孫復傳

孫復字明復，晉州平陽人。舉進士不第，退居泰山。學《春秋》，著《尊王發微》十二篇，大約本於陸淳而增新意。

石介有名山東，自介而下皆以先生事復。年四十不娶，李迪知其賢，以其弟之子妻之。復初猶豫，石介與諸弟子請曰：「公卿不下士久矣，今丞相不以先生貧賤，欲託以子，宜因以成丞相之賢名。」復乃聽。孔道輔聞復之賢，就見之，介執杖屨立侍復左右，升降拜則扶之，其往謝亦然。介既爲學官，語人曰：「孫先生非隱者也。」於是范仲淹、富弼皆言復有經術，宜在朝廷。除秘書省校書郎、國子監直講。車駕幸太學，賜緋衣銀魚，召爲邇英閣祇候説書。楊安國言其講説多異先儒，罷之。

孔直温敗，得所遺復詩，坐貶虔州監税，徙泗州，又知長水縣，簽書應天府判官事。通判陵州，未行，翰林學士趙概等十餘人言復經爲人師，不宜使佐州縣。留爲直講，稍遷殿中丞。卒，賜錢十萬。

復與胡瑗不合，在太學常相避。瑗治經不如復，而教養諸生過之。復既病，韓琦言於仁宗，選書吏，給紙筆，命其門人祖無擇就復家得書十五萬言，録藏秘閣。特官其一子。

舉孫復狀❶

范仲淹

右臣伏覩赦書節文：一應天下隱逸之士，或淹下位，或滯草萊，逐處具事由聞奏。臣觀國家居安思危，搜羅賢俊，以充庶位，使民受賜，此安邦之正體也。臣竊見兖州仙源縣寄居孫復，元是開封府進士，曾到御前，素負詞業，深明經術。❷今退隱泰山，著書不仕。心通聖奥，跡在窮谷。伏望朝廷依赦文採擢。乞賜召試，特加甄奬。庶幾聖朝涣汗，被於幽滯。

孫復可秘書省校書郎國子監直講制

歐陽脩

朕勤治體，喜賢俊，嘗慮四方遺逸之善，有不吾聞者。間屬近列，屢騰薦章，以爾孫復深經術，茂德行，躬耕田畝，以給歲時，東州士人皆師尊之。吾命汝校文於書省，講藝於胄序，不由鄉舉，不俟科選。汝姑直屏雜説，純道粹經，使搢紳子弟聞仁義忠孝之樂，此吾所以待汝意。往，欽哉！可。

❶ 此篇爲范仲淹舉薦張問和孫復合狀的删節文，原題爲《舉張問孫復狀》。見《古逸叢書三編》影印北宋刻本《范文正公文集》卷一九。

❷「深明」，原無，據《古逸叢書三編》影印北宋刻本《范文正公文集》卷一九補。

國子監直講青州千乘縣主簿孫復可大理評事制

歐陽脩

勑具官孫復：昔聖人之作《春秋》也，患乎空文之不足信，故著之於行事，以爲萬世之法。然學而執其經者，豈可徒誦其言哉？惟爾復，行足以爲人師，學足以明人性，不徒誦其説，而必欲施於事，吾將見吾國子蔚然而有成。宜有嘉褒，以爲學者之寵。可。

孫明復先生墓誌銘并序

歐陽脩

先生諱復，字明復，姓孫氏，晉州平陽人也。少舉進士不中，退居泰山之陽。學《春秋》，著《尊王發微》。魯多學者，其尤賢而有道者石介，自介而下，皆以弟子事之。先生年逾四十，家貧不娶，李丞相迪將以其弟之女妻之，先生疑焉，介與群弟子進曰：「公卿不下士久矣，今丞相不以先生貧賤，而欲託以子，是高先生之行義也，先生宜因以成丞相之賢名。」於是乃許。孔給事道輔爲人剛直嚴重，不妄與人，聞先生之風，就見之，介執杖屨侍左右，先生坐則立，升降拜則扶之，及其往謝也亦然。魯人既素高此兩人，由是始識師弟子之禮，莫不嗟嘆之，而李丞相、孔給事亦以此見稱於士大夫。其後介爲學官，語於朝曰：「先生非隱者也，欲仕而未得其方也。」慶曆二年，樞密副使范仲淹、資政殿學士富弼，言其道德經術，宜在朝廷。召拜校書郎、國子監直講，嘗召見邇英閣説詩。將以爲侍講，而嫉之者言其講説多異先儒，遂止。七年，徐州人孔直温以狂謀捕治，索其家，得詩有先生姓名，坐貶監虔州商税。徙泗州，又徙知河南府長水縣，僉署應天府判官公事，通判陵州。翰林學士趙概等十餘人上言：孫某行爲世法，經爲人師，不宜棄之遠方。乃復爲國子監直講。居三歲，以嘉祐二年七月二十四日，以疾卒於家，享年六十有六，官至殿中丞。先生在太學時爲大理評事，天子臨幸，賜以緋衣銀魚，及聞其喪，惻然，予其家錢十萬，而公卿、大夫、士友、太學之諸生，相與弔哭，賻治其喪。於是以其年十月二十七日，葬先生於鄆州須城縣盧泉鄉之北扈原。

先生治《春秋》，不惑傳注，不爲曲説以亂經，其言簡易明，於諸侯大夫功罪，以考時之盛衰，而推見王道之治亂，得於經之本義爲多。方其病時，樞密使韓琦言之，天子選書吏，給紙筆，命其門人祖無擇就其家，得其書十有五篇，録之藏於秘閣。先生一子大年，尚幼。銘曰：

聖人既殁經更焚，逃藏脱亂僅傳存。衆説乘之汩其原，怪迂百出雜僞真。後生牽卑習前聞，有欲患之寡攻群。往往止燎以膏薪，有勇夫子闢浮雲。刮磨蔽蝕相吐吞，日月卒復光破昏。博哉功利無窮垠，有考其不在斯文。

泰山書院記

石介

自周以上觀之，賢人之達者，皋陶、傅説、伊尹、吕望、召公、畢公是也。自周以下觀之，賢人之窮者，孟子、揚子、文中子、吏部是也。然較其功業德行，窮不必易達。吏部後三百年，賢人之窮者，又有泰山先生。孟子、揚子、文中子、吏部，皆以其道授弟子。既授弟子，復傳之於書，其書大行，其道大耀。先生亦以其道授弟子，既授之弟子，亦將傳之於書，將使其書大行，其道大耀。乃於泰山之陽起學舍，構堂，聚先聖之書滿屋，與群弟子而居之。當時從游之貴者，孟子則有梁惠王、齊宣王、滕文公之屬，揚則有劉歆、桓譚之屬，文中子則有越公之屬，吏部則有裴晉公、鄭相國、張僕射之屬。門人之高弟者，孟則有萬章、公孫丑、樂克之徒，揚則有侯芭、劉棻之徒，文中子則有董常、程元、薛收、李靖、杜如晦、房、魏之徒，吏部則有李觀、李翺、李漢、張籍、皇甫湜之徒。今先生游從之貴者，故王沂公、蔡貳卿、李泰州、孔中丞，今李丞相、范經略、明子京、張安道、士熙道、祖擇之，門人之高弟者，石介、劉牧、姜潛、張洞、李藴。足以相望於千百年之間矣。孰謂先生窮乎？

大哉，聖賢之道無屯泰。孟子、揚子、文中子、吏部，皆屯於無位與小官，而孟子泰於七篇，揚子泰於《法言》《太玄》，文中子泰於《續經》《中説》，吏部泰於《原道》《論佛骨表》十餘萬言。先生嘗以謂盡孔子之心者《大易》，盡孔子之用者《春秋》，是二大經，聖人之極筆也，治世之大法也。故作《易説》六十四篇，《春秋尊王發微》十七卷。疑四凶之不去，十六相之不舉，故作《堯權》。防後世之簒奪，諸侯之僭逼，故作《舜制》。辨注家之誤，正世子之名，故作《正名解》。美出處之得，明傳嗣之嫡，故作《四皓論》。先生述作，上宗周、孔，下擬韓、孟，是亦爲泰，先生孰少之哉！

介樂先生之道，大先生之爲，請以此説刊之石，陷於講堂之西壁。康定元年七月十八日記。

東軒筆録

魏　泰

范文正公在睢陽掌學，有孫秀才者索游上謁，公贈一千。明年孫生復謁，公又贈一千。因問：「何爲汲汲於道路？」孫生戚然動色曰：「母老無以養。若日得百錢，則甘旨足矣。」公曰：「吾觀子辭氣，非乞客，二年僕僕，所得幾何，而廢學多矣。吾今補子爲學職，月可得三千以供養，子能安於學乎？」孫生大喜。於是授以《春秋》，而孫生篤學，不舍晝夜，行復脩謹，公甚愛之。明年，公去睢陽，孫亦辭歸。後十年間，泰山下有孫明復先生，以《春秋》教授學者，道德高邁，朝廷召至，乃昔日索游孫秀才也。

郡齋讀書志

晁公武

右皇朝孫明復《睢陽小集》十卷。明復，晉州人。居泰山，深於《春秋》，自石介已次，皆師事之。年四十未娶，李丞相迪以其弟之子妻之。慶曆中，范文正公、富鄭公言之于朝，除國子監直講。嘗對邇英閤說詩，上欲以爲侍講，楊安國沮之而寢。

趙起魯跋❶

宋孫明復先生，當景祐時，自晉之魯，講學泰山，品高而德劭，學裕而行優。先大人以其爲郡中文獻，求其集數十年不可得。迨撫莅安慶，始獲此鈔本，名曰《小集》，計詩文廿二篇，附録三篇，第書闕有閒矣。于時適逢内轉，未及校梓。歲丁亥，同邑友人聶君劍光，汲古嗜學，見之披閱再三，不忍釋手，迺謀付梓，以行於世。刻既成，以示余，此先大人未竟之志也，爲泫然者久之，因識其緣起於卷末。

乾隆乙未季夏，泰山後學趙起魯謹書。

❶ 此篇與下篇篇題原無，爲校點者所加。

聶鈫跋

泰山孫明復先生，行爲世法，經爲人師，自宋迄今，七百餘年矣。顧其文章，不少概見。丁亥歲，于吾鄉趙相國家覯之，如獲拱璧，懼其久而失傳也，謀所以刻之。旋搆目疾，中止。歲癸巳，江寧嚴侍讀道甫居憂南下，余于東平舟次述及，侍讀出其藏本相証，篇帙略同，惟《附録》自《宋史》本傳、歐陽文忠《墓誌銘》及石守道《泰山書院記》而外，增多五則，因屬補鈔，同爲勘校，付諸梓人。嗟乎！余自少時，有意是書而不得見，晚歲見之，又以疾廢，自分此業之不終久矣。今迺得侍讀以成此志，爰書數語識其端委，且以慶余之遭也。

泰安後學聶鈫跋。

附録補

《孫明復小集》一卷兵部侍郎紀昀家藏本

宋孫復撰。復有《春秋尊王發微》，已著録。案《文獻通考》載孫復《睢陽子集》十卷，《宋史·藝文志》亦同。此本出自泰安趙國麟家，僅文十九篇、詩三篇，附以歐陽脩所作《墓誌》一篇。蓋從《宋文鑑》《宋文選》諸書鈔撮而成，十不存一。然復集久佚，得此猶見其梗概。蘇轍《歐陽脩墓碑》載，脩謂於文得尹師魯、孫明復，而意猶不足。蓋宋初承五代之弊，文體卑靡，穆脩、柳開始追古格，復與尹洙繼之。風氣初開，菁華未盛，故脩之言云爾。然復之文，根柢經術，謹嚴峭潔，卓然爲儒者之言。與歐、蘇、曾、王千變萬化，務極文章之能事者，又别爲一格。脩之所言，似未可概執也。至於揚雄過爲溢美，謂「其《太玄》之作非以準《易》，乃以嫉莽」，則白圭之玷，亦不必爲復諱矣。（録自《四庫全書總目提要》卷一五二。）

《孫明復先生小集》一卷宋孫復撰

清寫本。清李文藻、羅有高手校，有跋，並録紀昀跋：

乾隆丁亥歲，予客濟南，借録《孫明復小集》於泰安故相趙氏，又録副以寄房師河間紀公。己丑入都，鄉先輩鴻臚朱公聞予有此書，索之，而原本不在行笈，紀公方戍西域，無從問其有無也。適郎君半漁呼余爲檢曝書籍，乃於亂紙堆中獲此及馮舒《詩紀匡謬》，皆予嚮所寄者，吾師皆手跋其後。亟假付同舍趙君鏡心影抄此册以贈朱公。公平陰人，藏書甚富，予借抄宋人集數種，而其索抄於予者，僅此及尹師魯《河南集》耳。其歲八月十八日，益都李文藻記於京師寓舍，時方患痰嗽，閉門謝客三日矣。

紀曉嵐先生跋語録後：

李南澗從泰安趙氏録此本，以余喜聚古籍，馳以寄余，凡文十九首、詩三首，似采合而成，非本書也，暇日當以諸書參校之。又《墓誌》一篇，有録無書，亦俟暇日檢補之。丁亥九月三日河間紀昀記。

按：焦氏《經籍志》孫復《睢陽小集》十卷，此册僅可二三卷，殆從本集摘鈔者，而河間房師以爲采合而成，恐未必然。蓋孫明復詩文流傳絶少，如吕氏《宋文鑑》、顧氏《宋文選》、吴氏《宋詩鈔》、曹氏《宋詩存》諸書，皆未有所載，其十卷之足本，世宜猶有藏者，而是册從何而得，嘗札問相國之子道軒，道軒不能答也。己丑十月十八日文藻再識。

重光單閼歲十月，羅有高校於廣州新安官舍。歐陽子墓文在别本，應録入此本。

聶劍光嘗出十金謀刻此書，予卻其金而諾爲刻也。劍光泰安布衣，頗好事。大雲山人記。戊午（録自《藏園群書經眼録》卷十三。）

春秋尊王發微

〔北宋〕孫復 撰
方韜 校點

校點説明

孫復《春秋尊王發微》，是今存最早的宋代《春秋》學著作。

孫復以經術著名，但平生之志卻在用世，弟子石介説：「孫先生非隱者也。」（《宋史·儒林·孫復傳》）《春秋尊王發微》也非一般解説經義之書，其中寄寓了孫復對時局政治的獨特思考。在歷經唐末藩鎮割據與五代戰亂之後，宋初亟需鞏固新王朝的中央權威。孫復將「尊王」提到前所未有的高度，處處維護周天子的權威，實是有感而發。至於孫復經學的淵源，《宋史》本傳認爲：「大約本於陸淳，而增新意。」儘管解經方法承襲了唐代啖助、趙匡、陸淳的思路，但孫復之新意「尊王」思想卻成爲北宋《春秋》學討論的核心主題，在當時影響極大。

《春秋尊王發微》是孫復病重期間由弟子祖無擇抄録整理的。歐陽脩《孫明復先生墓誌銘》云：「方其病時，樞密使韓琦言之天子，選書吏給紙筆，命其門人祖無擇就其家，得其書十有五篇，録之，藏於秘閣。」（《歐陽文忠公文集·居士集》卷二七）這十五篇中包括了今本十二卷的《春秋尊王發微》。不過，關於《春秋尊王發微》的篇卷，宋元人所見頗有異同。

晁公武《郡齋讀書志》著録爲十二卷，陳振孫《直齋書録解題》著録爲十五卷，而《宋史·藝文志》載「孫復《春秋尊王發微》十二卷，《春秋總論》一卷」，與晁氏説相合。四庫館臣指出：「此書實爲十二卷，考《中興書目》别有復《春秋總論》三卷。蓋合之共爲十五卷爾。今《總論》已佚，惟此書尚存。」陳振孫著録《尊王發微》十五卷，可能包含了《春秋總論》三卷。而時至元代，《春秋總論》僅一卷存世。值得注意的是，《宋史·藝文志》言孫復著述總十三卷，與歐陽脩所謂十五篇者不合，本傳遂改「得其書十有五篇」爲「得書十五萬言」。可是，今本《尊王發微》十二卷約五萬五千餘字，設使《春秋總論》存世，也難足十萬之數，《宋史》改十五篇爲十五萬言是值得商榷的。此外，元人程端學指出孫復還有《三傳辨失解》，但不著録於《宋史·藝文志》，大概很早就亡佚了。

《春秋尊王發微》傳世主要有《通志堂經解》和《四庫全書》兩個版本系統。《通志堂經解》諸本間差異甚小，僅在避諱字等問題上略有不同。問題最大的是《四庫全書》本。《四庫全書》對《春秋》類著作删改甚多，《春秋尊王發微》也不例外。如，僖公四年「楚屈完來盟於師，盟於召陵」條，《四庫全書》本删去三百二十三字，僖公二十八年「夏四月己巳，晉侯、齊侯、宋師、秦師及楚人戰於城濮，楚師敗績」條，《四庫全書》本删去三百五十字。至於其他「夷狄」「蠻夷」之處，更是剜改不少。孫復《尊王發微》强調的「尊王攘夷」而爲清廷所疾者，由此可見一斑矣。筆者此次校點選擇了最通行的同治十年重修《通志堂經解》本爲底本，同時選取了康熙十五年與乾隆五十年重修《通志堂經解》本參校，又重點對校了文淵閣《四庫全書》本。

限於學識，筆者的校點一定存在不少問題，敬請讀者諸君不吝賜教。

校點者　方　韜

春秋尊王發微卷第一

隱公，名息姑，惠公子，平王四十九年即位。隱，謚也。隱拂不成曰隱。

元年春王正月。

孔子之作《春秋》也，以天下無王而作也，非爲隱公而作也。然則《春秋》之始于隱公者非他，以平王之所終也。何者？昔者幽王遇禍，平王東遷。平既不王，周道絶矣。觀夫東遷之後，周室微弱，諸侯强大，朝覲之禮不修，貢賦之職不奉，號令之無所束，賞罰之無所加，壞法易紀者有之，變禮亂樂者有之，弑君戕父者有之，攘國竊號者有之，征伐四出，蕩然莫禁。天下之政，中國之事，皆諸侯分裂之。平王庸暗，歷孝逾惠，莫能中興，播蕩陵遲，逮隱而死。夫生猶有可待也，死則何所爲哉？故《詩》自《黍離》而降，《書》自《文侯之命》而絶，《春秋》自隱公而始也。《詩》自《黍離》而降者，天下無復有《雅》也。《書》自《文侯之命》而絶者，天下無復有誥命也。《春秋》自隱公而始者，天下無復有王也。夫欲治其末者必先端其本，嚴其終者必先正其始。元年書「王」，所以端本也；「正月」，所以正始也。其本既端，其始既正，然後以大中之法從而誅賞之，故曰「元年春王正月」也。隱公曷爲不書即位？正也。五等之制，雖曰繼世，而皆請于天子。隱公承惠，天子命也，故不書「即位」，以見正焉。

三月，公及邾儀父盟于蔑。

盟者，亂世之事，故聖王在上，闃無聞焉。斯蓋周道陵遲，衆心離貳，忠信殆絶，譎詐交作，於是列國相與，始有歃血要言之事爾。凡書「盟」者，皆惡之也。邾，附庸國。儀父，字。附庸之君未得列於諸侯，故書字以别之。桓十七年「公會邾儀父盟于趡」，❶翠軌反。莊二十三年「蕭叔朝公」，是也。《春秋》之法，惡甚者日，其次者時，非獨盟也。以類而求，二百四十二年諸侯罪惡輕重之跡，焕然可得而見矣。蔑，魯地。

夏五月，鄭伯克段于鄢。於晚反。

段，鄭伯弟。案諸侯殺大夫稱人稱國，殺世子母弟稱君，此鄭伯弟可知也。克者，力勝之辭。段，鄭伯弟。以鄭伯之力始勝之者，見段驕悍難制，國人莫伉也。鄭伯養成段惡，至于用兵，此兄不兄、弟不弟也。鄭伯兄不兄，段弟不弟，故曰「鄭伯克段于鄢」，以交譏之。鄢，鄭地。

秋七月，天王使宰咺吁阮反。來歸惠公仲子之賵。方鳳反。

天王使宰咺來歸惠公仲子之賵，非禮也。仲子，孝公妾，惠公母。惠公既君，仲子不稱夫人者，妾母不得稱夫人，故曰「惠公仲子」也。其曰「惠公仲子」者非他，以别惠公之母爾。文九年「秦人來歸僖公成風之襚」皆此義也。仲，字。子，宋姓。車馬曰賵，衣衾曰襚，珠玉曰賻。扶故反。宰咺，天子士。宰，官。咺，名，天子之士名。

九月，及宋人盟于宿。

---

❶「桓」，原作「威」，係避真宗諱，今回改，下同，不出校。

及宋人盟，皆微者也。外微者稱人，内微者稱及，不可言魯人故也。

冬十有二月，祭側界反。伯來。

祭伯，天子卿，不稱使者，非天子命也。非天子命則奔也。不言奔，非奔也，祭伯私來也。祭伯私來，故曰「祭伯來」以惡之。祭，國。伯，爵。

公子益師卒。

益師，孝公子，内大夫也。内大夫生死皆曰公子、公孫與氏，不以大夫目之者，惡世禄也。古者諸侯之大夫皆命于天子，周室既微，其制遂廢。故魯之臧氏、仲孫氏、叔孫氏、季孫氏，晉之狐氏、趙氏、荀氏、郤氏、欒氏、范氏，齊之高氏、國氏、崔氏，衛之甯氏、孫氏，皆世執其政，莫有命于天子者，此可謂世禄者矣。《春秋》詳内略外，故獨卒内大夫以疾之。

二年春，公會戎于潛。

公會戎于潛，聖王不作，諸戎亂華，❶肆居中國，與諸侯伉故。公會戎于潛，諸侯非有天子之事不得出會諸侯，況會戎哉？凡書「會」者，皆惡之也。潛，魯地。

夏五月，莒人入向。舒亮反。

莒，小國也。入者，以兵入也。莒小國以兵入向者，隱、桓之際，征伐用師，國無小大，皆專而行之，故莒人

❶「諸戎亂華，肆居中國」八字，四庫本作「明堂失位，要荒之人」。

以兵入向。其稱人者,《春秋》小國卿大夫皆略稱人,以其土地微陋,其禮不足故也。

無駭帥師入極。

無駭,公子展孫。不氏,未命也。極,附庸國。外莒人入向,内無駭帥師入極,天子不能誅,此周室陵遲可知也。

秋八月庚辰,公及戎盟于唐。

盟,不相信爾,故割牲歃血以要之。郲儀父,中國也。公與中國盟猶曰不可,與戎盟于唐,甚矣!唐,魯地。

九月,紀裂繻來逆女。

惡不親迎也。諸侯親迎,禮之大者,在《易》,咸卦兑上艮下。兑,少男,先下女,親迎之象也。故曰:「咸,感也。二氣感應以相與。」又曰:「天地感而萬物化生,聖人感人心而天下和平。」是以文王親迎于渭,以啓周室,詩人美之。紀侯不知親迎之大,故斥言「紀裂繻來逆女」以惡之也。裂繻,紀大夫。未命,故不氏。

冬十月,伯姬歸于紀。

伯姬,紀裂繻所逆内女也。伯,字。姬,魯姓。婦人謂嫁曰歸。

紀子伯、莒子盟于密。

紀本侯爵,此稱「子伯」,闕文也。《左氏》作「子帛」,杜預言「裂繻,字」者,蓋附會其説爾,故不取焉。

十有二月乙卯,夫人子氏薨。

隱公夫人也。夫人薨志者，夫人小君與君一體，故志之也。子，宋姓。不地者，夫人薨有常處。不言葬者，五月而葬也。

鄭人伐衛。

孔子曰：「天下有道，則禮樂征伐自天子出；天下無道，則禮樂征伐自諸侯出。自諸侯出，蓋十世希不失矣；自大夫出，五世希不失矣。」夫禮樂征伐者，天下國家之大經也。天子尸之，非諸侯可得專也。諸侯專之猶曰不可，況大夫乎？吾觀隱、桓之際，諸侯無小大，皆專而行之；宣、成而下，大夫無内外，皆專而行之，其無王也甚矣。故孔子從而録之，正以王法。凡侵、伐、圍、入、取、滅，皆誅罪也。鄭人，微者。

三年春，王二月。

群公之年，正月書王者九十二，二月書王者二十，三月書王者一十七。《春秋》之法，唯元年不以有事無事皆書王正月，餘年事在正月則書正月。「桓二年春，王正月戊申，宋督弑其君與夷及其大夫孔父」、「十年春，王正月庚申，曹伯終生卒」之類是也。事在二月則書二月。此年春「王二月己巳，日有食之」、「四年春，王二月，莒人伐杞」之類是也。事在三月則書三月。「七年春，王三月，叔姬歸于紀」、「莊十二年春，王三月，紀叔姬歸于酅」音攜。之類是也。一時無事則書首月，莊五年「春，王正月」、十一年「春，王正月」之類是也。

己巳，日有食之。

言日不言朔者。凡日食言日言朔，食正朔也。言日不言朔，失其朔也。言朔不言日，失其日也。不言日不言朔，日朔俱失也。桓三年「秋七月壬辰朔，日有食之」，莊二十五年「六月辛未朔，日有食之」，食正朔也。此年二月「己巳，日有食之」，僖公十二年「三月庚午，日有食之」，失其朔也。桓十七年「冬十月朔，日有食之」，失其日也。莊十八年「三月日有食之」，僖十五年「夏五月日有食之」，日朔俱失也。此皆曆象錯亂，攝提無紀，周室不綱，太史廢厥職，或失之先，或失之後。《夏書》曰：「先時者殺無赦，不及時者殺無赦。」故《春秋》詳而録之，以正其罪。

三月庚戌，天王崩。

平王也。天子崩，諸侯卒皆志者，受終易代，不可不見也。天子崩七月而葬，諸侯卒五月而葬，此禮之常也，故不書焉。凡書葬者，非常也。是故天王崩書葬者五，桓、襄、匡、簡、景是也。不書葬者四，平、惠、定、靈是也。不書崩不書葬者三，莊、僖、頃是也。桓、襄、匡、簡、景書葬者，皆非常也。平、惠、定、靈不書葬者，皆得常也。莊、僖、頃不書崩不書葬者，周室微弱，失不告也。失不告崩，故葬不可得而書也。然則襄王而葬書者，惡内也。案：文六年「八月乙亥，晉侯驩卒」，「冬十月，公子遂如晉，葬晉襄公」，八年「八月戊申，天王崩」，九年「二月叔孫得臣如京師，葬襄王」，魯皆使卿會，是天子諸侯可得而齊也。故書襄王之葬以惡内。

夏四月辛卯，尹氏卒。

尹氏，天子卿。言氏者，起其世也。《泰誓》曰「罪人以族，官人以世」，夏商之亂政也。周既失道，其政亦然。案：《節南山》，家父刺幽王之詩也，稱「尹氏太師，維周之氏」，則尹氏世卿，其來久矣。見于此者，因其來赴誅之也。

秋，武氏子來求賻。

武氏，世卿也。其言武氏子，父死未葬也。武氏子來求賻者，武氏子父死未葬，故來求賻。賻不可求，來求，非禮也。

八月庚辰，宋公和卒。冬十有二月，齊侯、鄭伯盟于石門。

石門，齊地。

癸未，葬宋穆公。

夫赴告弔會，史策之常也；貶惡誅亂，聖師之筆也。《春秋》書諸侯之卒葬者，豈徒紀其歲時、從其赴告弔會而已哉？蓋以周室陵遲，諸侯僭亂，變古易常，驕蹇不道，生死以聖王之法治之也。是故諸侯之卒，書葬者九十三，不書葬者四十一。凡書葬者皆惡之也。禮，天子崩，稱天命以謚之；諸侯薨，請謚于天子；大夫卒，受謚于其君。大行受大名，小行受小名，所以懲惡而勸善也。東遷之後，其禮遂廢。諸侯之葬也，不請謚於天子，皆自謚之。非獨不請謚于天子，皆自謚之，而又僭稱公焉。故孔子從而録之，正以王法。唯吴楚之君僭極惡大，貶不書葬，此非例之常。宋，公爵，又五月而葬，書者不請謚也。

四年春王二月，莒人伐杞，取牟婁。

二月莒人伐杞，取牟婁，甚之也。莒人二年入向，天子不能誅，故此肆然伐杞取牟婁。牟婁，杞邑。

戊申，衛州吁弑其君完。

州吁不氏，未命也。《易》曰：「履霜堅冰，陰始凝也。馴致其道，至堅冰也。」又曰：「積善之家，必有餘慶。積不善之家，必有餘殃。臣弒其君，子弒其父，非一朝一夕之故，其所由來者漸矣，由辨之不早辨也。」斯聖人教人君御臣子，防微杜漸之深戒也。蓋以臣子之惡始于微而積于漸，久而不已，遂成于弒逆之禍，如履霜而至于堅冰也。若辨之不早，則鮮不及矣。故春秋之世，臣弒其君者有之，子弒其父者有之，弟弒其兄者有之，婦弒其夫者有之，是時紀綱既絶，蕩然莫禁。孔子懼萬世之下，亂臣賊子交軌乎天下也，故以聖王之法從而誅之。其誅之也罪惡有三。大夫弒君則稱名氏以誅之，謂大夫體國，不能竭力盡能，輔其不逮，苞藏禍心以肆其惡，故稱名氏以誅之。此年「衛州吁弒其君完」，莊八年「齊無知弒其君諸兒」，宣十年「陳夏徵舒弒其君平國」之類是也。微者弒君則稱人以誅之。微者，謂非大夫，名氏不登于史策，故稱人以誅之。文十六年「宋人弒其君杵臼」，十八年「齊人弒其君商人」，襄三十一年「莒人弒其君密州」之類是也。衆弒君則稱國以誅之。衆，謂上下乖離，姦宄並作，肆禍者非一，言舉國之人可誅也，故稱國以誅之。文十八年「莒弒其君庶其」，成十八年「晉弒其君州蒲」，定十三年「薛弒其君比」之類是也。

夏，公及宋公遇于清。

遇者，不期也。不期而會曰遇。《詩》稱「邂逅相遇，適我願兮」是也。諸侯守天子土，非享覲不得逾境。此言「公及宋公遇于清」者，❶惡其自恣，出入無度。清，衛地。

---

❶「宋公」，原作「衛侯」，據四庫本改。

宋公、陳侯、蔡人、衛人伐鄭。秋，翬帥師會宋公、陳侯、蔡人、衛人伐鄭。夏，宋公、陳侯、蔡人、衛人伐鄭。秋，翬帥師會宋公、陳侯、蔡人、衛人伐鄭。内外連兵，肆然不顧，以疾于鄭，其惡可知也。蔡、衛稱人。稱人，微者。翬不氏，未命也。

九月，衛人殺州吁于濮。音卜。

稱人以殺，討賊亂也。其言「于濮」者，桓公被殺至此八月，惡衛臣子緩不討賊，俾州吁出入自恣也。濮，衛地。

冬十有二月，衛人立晉。

人者，衆辭。嗣子有常位，故不言立。言立，非正立也。州吁既死，衛國無君，故國人舉公子晉立之。諸侯受國于天子，非國人可得立也，故曰「衛人立晉」，以誅其惡。

五年春，公觀魚于棠。

觀魚非諸侯之事也。天子適諸侯，諸侯朝天子，無非事者，動必有爲也。故《孟子》曰：「天子適諸侯曰巡狩。巡狩者，巡所守也。諸侯朝于天子曰述職。述職者，述所職也。是故春省耕而補不足，秋省斂而助不給。」隱公怠棄國政，春觀魚于棠，可謂非事者矣。棠，魯地。

夏四月，葬衛桓公。

十四月葬。

秋，衛師入郕。九月，考仲子之宮。

考，成也。仲子，惠公母，隱公祖母。元年「天王使宰咺來歸惠公仲子之賵」，故隱公考仲子之宮祭之。元年「天王使宰咺來歸惠公仲子之賵」，非禮也。隱公以是考仲子之宮祭之，此又甚矣。夫宗廟有常，故公夫人之廟皆不書焉。此年「考仲子之宮」，成六年「立武宮」，定元年「立煬宮」，皆譏其變常也。

初獻六羽。

初，始也。羽，舞者所執大雉之羽也。其言「初獻六羽」者，魯僭用天子禮樂，舞則八佾，孔子不敢斥也。故因此減用六羽，以見其僭天子之惡。且經言「考仲子之宮，初獻六羽」，則群公皆用八佾可知也。唯稱羽者，婦人之宮不用干舞。

邾人、鄭人伐宋。

邾序鄭上者，邾主乎伐宋也。

螟。

螟，蟲灾也。食苗心曰螟，食葉曰蟘，特。食節曰賊，食根曰蟊。

冬十有二月辛巳，公子彄苦侯反。卒。

公子彄，臧僖伯也，孝公子。

宋人伐鄭，圍長葛。

九月，邾人、鄭人伐宋，故宋人伐鄭，圍長葛。長葛，鄭邑。

六年春，鄭人來輸平。

其言「來輸平」者，鄭人來輸誠于我，平四年翬會諸侯伐鄭之怨也。平者，釋憾之辭。

夏五月辛酉，公會齊侯盟于艾。

艾，魯地。

秋七月。

冬，宋人取長葛。

《春秋》編年必具四時，故雖無事皆書首月，不遺時也。

長葛，鄭邑，天子所封，非宋人可得取也。宋人前年伐鄭，圍長葛，此而取之。故言伐、言圍、言取，悉其惡以誅之也。

七年春王三月，叔姬歸于紀。

叔姬，伯姬之媵，至是乃歸，待年父母國也。媵書者，爲莊十二年「歸于酅」音攜。起。

滕侯卒。

不日不名者，滕入春秋爲小國之君，卒或日不日，或名不名者，以其微弱，其禮不足，略之也。

夏，城中丘。

城邑宫室，高下大小皆有王制，不可妄作。是故城一邑，新一廏，作一門，築一囿，時與不時皆詳而録之。此年夏「城中丘」，桓五年夏「城祝丘」，莊二十九年冬十有二月「城諸及防」，文十二年冬十有二月「季孫行父帥師城諸及鄆」，定十四年秋「城莒父及霄」，僖二十年春「新作南門」，定二年冬十月「新作雉門及兩觀」

之類是也。時，謂周之十二月，夏之十月，非此不時也。然得其時者其惡小，非其時者其惡大。此聖人愛民力、重興作、懲僭忒之深旨也。中丘，魯邑。

齊侯使其弟年來聘。

列國相聘，非禮也。斯皆東遷之後，諸侯橫恣，連衡自固，以相比周，乃有玉帛交聘之事爾。是故大國聘而不朝，小國朝而不聘。小國力弱可致，大國地廣兵衆不可得而屈也，故但使大夫來聘，結歡通問而已。凡書者，皆惡之也。

秋，公伐邾。冬，天王使凡伯來聘。

天王使凡伯來聘，非天子之事也。桓王不能興衰振治，統制四海，以復文武之業，反同列國之君，使凡伯來聘，此桓王之爲天子可知也。凡伯，天子卿。凡，國。伯，爵。

戎伐凡伯于楚丘以歸。

凡伯寓衛，戎伐凡伯以歸，言伐用兵也。楚丘，衛地。地以楚丘者，責衛不能救難。録「以歸」者，惡凡伯不死位。

八年春，宋公、衛侯遇于垂。

垂，衛地。

三月，鄭伯使宛來歸祊。必彭反。庚寅，我入祊。

祊，鄭邑，天子所封，非魯土地，故曰「來歸」。定十年「齊人來歸鄆、音運。讙、龜陰田」，皆此義也。先言歸而後言入者，鄭不可歸，魯不可入也。鄭人歸之，魯人受之，其罪一也。入者，受之之辭。宛不氏，未命也。

夏六月己亥，蔡侯考父卒。辛亥，宿男卒。

秋七月庚午，宋公、齊侯、衛侯盟于瓦屋。

此言「庚午宋公、齊侯、衛侯盟于瓦屋」者，甚之也。諸侯日熾，紛紛籍籍，相與爲群，歃血要言，自是卒不可制也。瓦屋，周地。

八月，葬蔡宣公。

三月而葬。

九月辛卯，公及莒人盟于浮來。

公與莒人盟，非莒人之罪也。凡公與外大夫盟，内斥言公，外大夫稱人，惡在公也。此年「公及莒人盟于浮來」，成二年「公及楚人、秦人、宋人、陳人、衛人、鄭人、齊人、曹人、邾人、薛人、鄫人盟于蜀」是也。内不言公，外書大夫名氏，惡在大夫也。莊十有二年「及齊高傒盟于防」，文二年「及晉處父盟」是也。浮來，莒地。

螟。

冬十有二月，無駭卒。

不氏，未命也。九年挾卒，同此。

九年春，天王使南季來聘。

南季，天子大夫。南，氏。季，字。

三月癸酉，大雨震電。庚辰，大雨于付反。雪。

周之三月，夏之正月也。未當大雨震電，既大雨震電，又不當大雨雪。甚哉！八日之間天變若此也。

挾卒。夏，城郎。

郎，魯地。

秋七月。冬，公會齊侯于防。

防，魯地。

十年春王二月，公會齊侯、鄭伯于中丘。

此言「二月公會齊侯、鄭伯于中丘」者，公末年出入無度，不顧憂患于內，數會諸侯于外也。十一年時來之會同此。

夏，翬帥師會齊人、鄭人伐宋。六月壬戌，公敗宋師于菅。古顔反。辛未，取郜。告。辛巳，取防。

夏，翬帥師會齊人、鄭人伐宋。六月壬戌，公敗宋師于菅。辛未，取郜。辛巳，取防。甚矣！公與翬傾衆悉力共疾于宋，又浹日而取二邑，故君臣並録以疾之。菅，宋地。

秋，宋人、衛人入鄭。宋人、蔡人、衛人伐戴。鄭伯伐取之。

宋人、蔡人、衛人伐戴。戴，小國也。三國之師既退，鄭伯見利忘義，乘戴之弊，伐而取之，其惡可知也。

冬十月壬午，齊人、鄭人入郕。

郕，小國。

十有一年春，滕侯、薛侯來朝。

諸侯朝天子，禮也。諸侯朝諸侯，非禮也。斯皆周室不競，干戈日尋，以大陵小，小國不得已而爲之爾。是故齊、晉、宋、衛未嘗朝魯，而滕、薛、邾、杞來朝，奔走而不暇也。齊、晉、宋、衛未嘗來朝魯者，齊、晉盛也，宋、衛敵也。滕、薛、邾、杞來朝奔走而不暇者，土地狹陋，兵衆寡弱，不能與魯伉也。《春秋》之法，諸侯非有天子之事不得踰境。凡書朝者，皆惡之也。

夏五月，公會鄭伯于時來。

時來，鄭地。

秋七月壬午，公及齊侯、鄭伯入許。

案：前年二月公會齊侯、鄭伯于中丘，夏翬帥師會齊人鄭人伐宋，六月壬戌「公敗宋師于菅」，辛未取郜，辛巳取防。此年五月「公會鄭伯于時來」，秋七月壬午「公及齊侯鄭伯入許」。甚矣！公二年之中與齊侯、鄭伯連兵自恣，以爲不道，其惡若此也。

冬十有一月壬辰，公薨。

公薨不地，弒也。孰弒之？桓公弒也。曷爲不言桓公弒？内諱弒也。故弒君之賊皆不書焉。不言葬者，以侯禮而葬也。隱雖見弒，其臣子請謚于周，以侯禮而葬，故不書焉。

春秋尊王發微卷第二

桓公，名允，惠公子，隱公弟，桓王九年即位。桓，謚也。闢土服遠曰桓。

元年春，王正月，公即位。

即位，常事。書者，桓弑隱自立，非天子命也。

三月，公會鄭伯于垂。

垂，衛地。

鄭伯以璧假許田。

許田者，許男之田也。天子所封，不可假也。鄭與許接壤，故鄭伯以璧假其田。二國擅假天子之田，自恣若此，然猶愈乎用兵而取也。故曰「鄭伯以璧假許田」。

夏四月丁未，公及鄭伯盟于越。

越，衛地。

秋，大水。

水不潤下也。昔者聖王在上，五事修而彜倫叙，則休驗應之，❶故曰：肅，時雨若；乂，時暘若；哲，時燠

---

❶「驗」，四庫本作「徵」。

若；謀，時寒若；聖，時風若。聖王不作，五事廢而彝倫攸斁，則咎驗應之，故曰：狂，常雨若；僭，常暘若；豫，常燠若；急，常寒若；蒙，常風若。春秋之世多災異者，聖王不作故也。然自隱迄哀，聖王不作者久矣，天下之災異多矣，悉書之則不可勝其所書矣。是故孔子惟日食與内災則詳而書之，外災則或舉其一，或舉于齊、鄭、宋、衛，則天下之異從可見矣。

冬十月。

二年春王正月，戊申，宋督弒其君與夷及其大夫孔父。

此言「宋督弒其君與夷及其大夫孔父」者，甚之之辭也。督肆禍心，既弒其君與夷，又殺其大夫孔父，可謂甚矣。故曰「宋督弒其君與夷及其大夫孔父」以誅之。孔父字者，天子命大夫也。古者諸侯之大夫皆命于天子，故春秋列國時或有之，宋孔父、鄭祭仲、魯單伯、陳女叔之類是也。

滕子來朝。

滕稱子者，案杞，公爵也。滕、薛，皆侯也。又《春秋》杞或稱侯，或稱伯，或稱子，皆降也。滕或稱侯，或稱子。稱侯，正也；稱子，降也。薛或稱侯，或稱伯。稱侯，正也；稱伯，降也。此蓋聖王不作，諸侯自恣，朝會不常。彼三國者力既不足，禮多不備，或以侯禮而朝，或以伯子而會，故孔子從而録之，以見其亂也。

滕子朝弒逆之人，其惡可知。

三月，公會齊侯、陳侯、鄭伯于稷，以成宋亂。

弒君之賊諸侯皆得討之，宣十一年「楚人殺陳夏徵舒」是也。此言「公會齊侯、陳侯、鄭伯于稷以成宋亂」者，惡不討賊也。公會齊侯、陳侯、鄭伯于稷，本爲宋討賊。既而不討者，督弒殤公，桓弒隱，亦懼諸侯之討己，故翻然與督比周，同惡相濟，以成宋亂，受賂而返也。

夏四月，取郜大鼎于宋。戊申，納于大廟。

其言「夏四月，取郜大鼎于宋。戊申，納于大廟」者，甚之也。桓弒逆之人，受督弒逆之賂，以事于周公之廟，可謂甚矣。

秋七月，杞侯來朝。

滕子不月者，與督弒同月。

蔡侯、鄭伯會于鄧。九月，入杞。

七月杞侯來朝，九月魯人入杞，皆非禮也。不出主名，微者。

公及戎盟于唐。冬，公至自唐。

「至」者，春秋亂世，諸侯出入無度，危之也。案：公行一百七十六皆不以王事，舉其或往返踰時釁深惡重者，則書其「至」以危之，餘則否焉。是故書「至」者八十二也。

三年春正月。

群公之年書月則書王，明此正朔天王所班也。此不王而月者，桓弒隱自立，天子不能誅，若曰此正朔非天王所班，桓之所出也。不于元年二年見其罪者，元年方端本正始，二年宋督弒其君與夷，非桓之事，故此年從其出會齊侯以正其罪。

公會齊侯于嬴。

嬴，齊地。

夏，齊侯、衛侯胥命于蒲。

齊侯、衛侯相命于蒲，非正也。雖無歃血要盟之事，古者諸侯非王事不踰境。蒲，衛地。

六月，公會杞侯于郕。

魯前年入杞，公今會杞侯于郕，自恣若此。

秋七月壬辰朔，日有食之，既。

言日言朔，食正朔也。既，盡也。日有食之，陰侵陽，臣侵君之象也。凡日食，人君皆當戒懼，側身修德以消其咎。故《夏書》曰「乃季秋月朔，辰弗集于房。瞽奏鼓，嗇夫馳，庶人走」，《小雅》曰「十月之交，朔日辛卯。日有食之，亦孔之醜」，是也。

公子翬如齊逆女。九月，齊侯送姜氏于讙。公會齊侯于讙。

公子翬氏者，桓公命也。孔子曰：「《關雎》樂而不淫，哀而不傷。」孔子之言，豈徒然哉！蓋傷周室陵遲，婚姻失道，無賢女輔佐君子致《關雎》后妃之德，以化天下也。是時文姜亂魯，驪姬惑晉，南子傾衛，夏姬喪陳，上下化之，滔滔皆是，不可悉舉也。故自隱而下，夫人内女出處之蹟皆詳而録之，以懲以戒，爲萬世法。噫！夫夫婦婦，風教之始，人倫之本也。可不重乎？是故昏禮之重，莫重乎親迎。《詩》稱大姒之家「在洽之陽，在渭之涘」，文王親迎于渭，則諸侯親迎其所來也遠矣。此言「公子翬如齊逆女」，「齊侯送姜氏于讙」，「公會齊侯于讙」，皆非禮也。諸侯親迎不使卿，父母送女不踰境。公既使公子翬逆女，齊侯送姜氏來也，又自往會，非禮可知也。

夫人姜氏至自齊。

此齊侯送姜氏，公受之于讙也。公受姜氏于讙，不以讙至者，不與公受姜氏于讙也。故曰「夫人姜氏至自齊」，以正其義。

冬，齊侯使其弟年來聘。有年。

桓立十八年，唯此言「有年」者，是未嘗有年也。書者，著桓公爲國不能勤民務農若是也。

四年春正月，公狩于郎。

狩，冬田也。天子諸侯四時必田者，蓋安不忘危，治不忘亂，講武經而教民戰也。豈徒肆盤遊逐禽獸而已哉！然禽獸多則五穀傷，不可不捕也。故因田以捕之，上以供宗廟之鮮，下以除稼穡之害。故田必以時，殺必由禮。田不以時謂之荒，殺不由禮謂之暴。惟荒也妨于農，惟暴也殄于物，此聖人之深戒也。常事書者，周之正月，夏之十一月也。四時之田用孟月。正月公狩于郎，不時也。

夏，天王使宰渠伯糾來聘。

宰渠伯糾，周大夫。渠，氏。伯糾，字也。桓公弑逆之人，桓王不能誅，反使宰渠伯糾來聘，此桓王之爲天子可知也。下無二時，脱之。七年同此。

五年春正月甲戌、己丑，陳侯鮑卒。

此言「甲戌己丑陳侯鮑卒」，闕文也。蓋甲戌之下有脱事爾，且諸侯未有以二日卒者也。

夏，齊侯、鄭伯如紀。天王使仍叔之子來聘。

仍叔，周大夫。仍，國。叔，字也。其曰「仍叔之子來聘」者，父在使子之辭也。

葬陳桓公。城祝丘。

祝丘，魯地。

秋，蔡人、衛人、陳人從王伐鄭。

桓王以蔡人、衛人、陳人伐鄭，鄭伯叛王也。其言「蔡人、衛人、陳人從王伐鄭」者，不使天子首兵也。案十四年「宋人以齊人、蔡人、衛人、陳人伐鄭」，僖二十六年「公以楚師伐齊」，定四年「蔡侯以吴子及楚人戰于柏舉」，皆曰「以」，此不使天子首兵可知也。桓王親伐下國，惡之大者。曷爲不使首兵？天子無敵，非鄭伯可得伉也。故曰「蔡人、衛人、陳人從王伐鄭」以尊之。尊桓王，所以甚鄭伯之惡也。夫鄭同姓諸侯，密邇畿甸，桓王親以三國之衆伐之，拒而不服，此鄭伯之罪不容誅矣。人者，衆辭。

大雩。

雩，求雨之祭。建巳之月，常祀也。故經無六月雩者。建午建申之月，非常則書。謂之大者，雩于上帝也。天子雩于上帝，諸侯雩于山川百神。魯，諸侯也，雩于山川百神，禮也。雩于上帝，非禮也。噫！是時周室既微，王綱既絶，禮樂崩壞，天下蕩蕩，諸侯之僭者多矣。舉于魯，則諸侯僭之從可見矣。然《春秋》魯史，孔子不敢斥也。其或災異非常改作不時者，則從而録之，以著其僭天子之惡。隱五年「九月考仲子之宫，初獻六羽」，此年「秋大雩」，六年「八月壬午大閱」，閔二年「夏五月乙酉吉禘于莊公」，僖三十一年「夏四月，四卜郊，不從，乃免牲」，宣三年「春王正月，郊牛之口傷，改卜牛，牛死乃不郊」，定二年「夏五月壬辰，雉門及兩觀災」之類是也。嗚呼！其旨微矣。

螽。音終。

螽，災也。

冬，州公如曹。

六年春正月，寔來。

闕文也。三傳咸謂寔來州公者，以上承五年「冬，州公如曹」，下無異事言之爾。然極考其説，義皆未安。竊謂「州公如曹」、「寔來」，其間文有脱漏也。

夏四月，公會紀侯于郕。

秋八月壬午，大閱。

八月，不時也。大閱，非禮也。大閱，仲冬簡車馬。八月，不時可知也。大閱、大蒐，謂天子田。

蔡人殺陳佗。

稱人以殺，討賊亂也。先儒言陳侯鮑卒，佗殺太子自立，故蔡人誘而殺之。然經無所見也。

九月丁卯，子同生。

同，世嫡，桓公子。其曰「子同生」者，無父辭也。桓弑逆之人，罪當誅絶，故以無父之辭書之，所以甚桓公之惡也。

冬，紀侯來朝。

七年春二月己亥，焚咸丘。

焚者，火之也。咸丘，附庸。以人攻之猶曰不可，火之則又甚矣。

夏，穀伯綏來朝。鄧侯吾離來朝。

《春秋》之法，諸侯不生名。生名，惡之大者也。此年「穀伯綏來朝」、「鄧侯吾離來朝」，十五年「鄭伯突出奔蔡」，莊十年「荆敗蔡師于莘，以蔡侯獻武歸」，僖十九年「宋人執滕子嬰齊」，二十五年「衛侯燬滅邢」，昭十一年「楚子虔誘蔡侯般，殺之于申」是也。桓大逆之人，諸侯皆得殺之，穀伯綏、鄧侯吾離不能致討，反交臂而來朝，故生而名之也。

八年春正月己卯，烝。

烝，冬祭也。春興之，非禮也。祭祀從夏時，周之正月，夏之十一月也。四時之祭用孟月。

天王使家父來聘。

家父，天子大夫。家，氏。父，字。

夏五月丁丑，烝。

夏五月丁丑烝，瀆亂之甚也。

秋，伐邾。

不出主名，微者。

冬十月，雨于付反。雪。祭側界反。公來。遂逆王后于紀。

天子不親迎，取后，則使三公逆之。祭公，三公。書者，爲遂事起也。其言「祭公來」者，祭公來謀逆后之期也。桓王取后于紀，魯受命主之，故祭公來謀逆后之期。其曰「遂逆王后于紀」者，祭公來謀逆后之期，既謀之，則當復命于天子。命之逆則逆之，不可專也。祭公不復命于王，專逆王后于紀，故曰「遂」以惡之。不言「逆女」者，王后重矣，非諸侯夫人可得齊也，故不言「逆女」也。

九年春，紀季姜歸于京師。

此前年祭公所逆王后也。姜，紀姓。季，字。案：襄十五年「劉夏逆王后于齊」，不言齊姜歸于京師。此言「季姜歸于京師」者，不與「祭公遂逆王后于紀」也。王后天下母，取之逆之皆天子命，非人臣可得專也。「祭公遂逆王后于紀」，非天子命，故不曰「王后歸于京師」，而曰「紀季姜歸于京師」也。

夏四月。秋七月。冬，曹伯使其世子射音亦，又音夜。姑來朝。

諸侯相朝猶曰不可，況使世子乎？曹伯疾，使其世子射姑來朝，非禮也。

十年春，王正月。

此年書「王」者，王無十年不書也。十年無王則人道滅矣。

庚申，曹伯終生卒。夏五月，葬曹桓公。秋，公會衛侯于桃丘，弗遇。

秋，公會衛侯于桃丘，弗遇。衛侯不來，安之也。桃丘，衛地。

冬十有二月丙午，齊侯、衛侯、鄭伯來戰于郎。

來戰于郎，不言侵伐者，不與齊、衛、鄭加兵于我也。郎，魯地。地以魯則魯與戰可知矣。不出主名者，三國無故加兵于我，不道之甚，故以三國自戰爲文也。

十有一年春正月，齊人、衛人、鄭人盟于惡曹。

謀魯也。惡曹，地名，闕。

夏五月癸未，鄭伯寤生卒。秋七月，葬鄭莊公。

三月而葬。

九月，宋人執鄭祭側界反。仲。突歸于鄭。鄭忽出奔衛。

宋人，宋公也。宋公執人權臣，廢嫡立庶以亂于鄭，故奪其爵。祭仲字者，天子命大夫也。突，忽庶弟。突不正，歸于鄭無惡文者，惡在祭仲爲鄭大臣不能死難，聽宋偪脅逐忽立突，惡之大者。況是時忽位既定，以鄭之衆，宋雖無道，亦未能畢制命于鄭。仲能竭其忠力以距于宋，則忽安有見逐失國之事哉？故《揚之水》閔忽之無忠臣良士，終以死亡者，謂此也。嗣子既葬，稱子。鄭莊既葬，忽不稱子者，惡忽不能嗣先君，未踰年失國也，故參譏之。

柔會宋公、陳侯、蔡叔盟于折。之設切。

柔不氏，内大夫之未命者。蔡叔，蔡侯弟也。案：諸侯母弟未命爲大夫者，皆字。此年「柔會宋公、陳侯、蔡叔盟于折」，十五年「許叔入于許」，十七年「蔡季自陳歸于蔡」，莊三年「紀季以酅入于齊」之類是也。折，魯地。

公會宋公于夫音扶。鍾。冬十有二月，公會宋公于闞。口暫切。

夫鍾，郕地。闞，魯地。

十有二年春正月。夏六月壬寅，公會杞侯、莒子盟于曲池。

秋七月丁亥，公會宋公、燕人盟于穀丘。八月壬辰，陳侯躍卒。公會宋公于虚。音墟。冬十有一月，公會宋公于龜。

曲池，魯地。穀丘、虚、龜，宋地。

丙戌，公會鄭伯盟于武父。丙戌，衛侯晉卒。

再言丙戌者，羨文也。此盟與卒同日爾。且經未有一日而再書者，此羨文可知。

十有二月，及鄭師伐宋。丁未，戰于宋。

此公及鄭伯伐宋也。不言公者，諱之也。初，宋人執鄭祭仲逐昭公，立公子突以親于鄭，突既而背宋與魯，故宋鄭交怨。公七月會宋公、燕人盟于穀丘，八月會宋公于虛，音墟。十有一月又會宋公于龜，將平宋鄭，宋公不可，乃與鄭伯盟于武父以伐宋，丁未戰于宋。地以宋，則宋與戰可知也。不出主名者，不與公及鄭伯伐宋也，故以魯鄭自戰爲文。凡公專尸其事則諱之，此年「及鄭師伐宋」、「丁未，戰于宋」、十七年「及齊師戰于奚」、莊九年「及齊師戰于乾時」之類是也。

十有三年春二月，公會紀侯、鄭伯。己巳，及齊侯、宋公、衛侯、燕人戰。齊師、宋師、衛師、燕師敗績。

齊以郎之戰未得志于魯，因宋鄭之仇，故帥衛、燕與宋伐魯。魯親紀而比鄭也，故會紀侯、鄭伯及齊師、衛師、宋師、燕師戰，以敗四國之師。不地者，戰于魯也。衛宣未葬，惠公出戰，其惡可知。燕戰稱師，重衆也。書者，惡七國無名之衆殘民以逞，不道之甚。郎戰在十年。

三月，葬衛宣公。夏，大水。秋七月。冬十月。

十有四年春正月，公會鄭伯于曹。無冰。

無冰，時燠也。《五行傳》曰：「視之不明，是謂不哲，厥咎舒，厥罰常燠。」

夏五。

孔子作《春秋》專其筆削，損之益之以成大中之法，豈其日月舊史之有闕者不隨而刋正之哉？此云「夏五」無月者，後人傳之脱漏爾。

鄭伯使其弟語來盟。

來盟者，求盟於我也。

秋八月壬申，御廩災。乙亥，嘗。

嘗，秋祭也。周之八月，夏之六月也。其言「八月壬申御廩災。乙亥嘗」者，以不時與災之餘而嘗也。以不時與災之餘而嘗，此桓之不恭也甚矣！

冬十有二月丁巳，齊侯禄父卒。宋人以齊人、蔡人、衛人、陳人伐鄭。

案：十二年及鄭師伐宋，丁未戰于宋。宋人怨突之背己也，故以齊人、蔡人、衛人、陳人伐鄭。「以」者，乞師而用之也。謂四國本不出師，宋以力弱不足，乞四國之師而伐鄭爾。僖二十六年「公以楚師伐齊取穀」，定四年「蔡侯以吴子及楚人戰于栢舉」，皆此義也。然四國從宋伐鄭，助其不道，其惡亦可見矣。

十有五年春二月，天王使家父來求車。

天王使家父來求車者，諸侯貢賦不入周室，材用不足也。

三月乙未，天王崩。

桓王也。

夏四月己巳，葬齊僖公。五月，鄭伯突出奔蔡。

突，厲公也。篡忽立，國人不與，故出奔蔡。凡諸侯不能嗣守先業以墮厥緒，荒怠淫虐結怨于民，上下乖離，播越失地，自取奔亡之禍者，皆生而名之。此年「鄭伯突出奔蔡」，昭二十一年「蔡侯朱出奔楚」，二十三年「莒子庚輿來奔」，哀十年「邾子益來奔」之類是也。

鄭世子忽復歸于鄭。

鄉曰「鄭忽出奔衛」，今曰「鄭世子忽復歸于鄭」者，明忽世嫡當嗣也。凡諸侯大夫出奔與執，其反國也，或書「歸」，或書「復歸」，或書「入」，或書「復入」。歸者，善也。復歸，不善也。入者，惡也。復入者，甚惡也。是故復入重于入，入重于復歸，不若歸之之善也。書「歸」善者，桓十七年「蔡季自陳歸于蔡」，成十五年「宋華户駕反。元自晉歸于宋」之類是也。「復歸」不善者，此言「鄭世子忽復歸于鄭」，僖二十八年「衛元咺自晉復歸于衛」是也。「入」惡者，莊六年「衛侯朔入于衛」，襄三十年「鄭良霄自許入鄭」之類是也。「復入」甚惡者，成十八年「宋魚石復入于宋彭城」，襄二十三年「晉欒盈復入于晉」之類是也。忽世嫡當嗣，其言不善者，諸侯受國于天子，鄭世子忽其奔也，祭仲逐之；其歸也，祭仲反之，以其進退在祭仲而不在天子也。

許叔入于許。

許叔，許男弟。入者，惡入也。許叔入于許，不言出者，非大夫也。非大夫故略之。凡不言出者皆此義也。

公會齊侯于艾。邾人、牟人、葛人來朝。

皆微國之君。案：隱元年「公及邾儀父盟于蔑」，莊二十三年「蕭叔朝公」，皆字。此稱人者，賤其相與朝弑逆之人，貶之也。

秋九月，鄭伯突入于櫟。音歷。

鄭世子忽復歸于鄭，故鄭伯突入于櫟以偪之。櫟，鄭邑。

冬十有一月，公會宋公、衛侯、陳侯于袲，昌始反。伐鄭。

將納突在櫟，故公會宋公、衛侯、陳侯于袲，伐鄭。袲，鄭地。

十有六年春正月，公會宋公、蔡侯、衛侯于曹。

未見納突，故復會于此。

夏四月，公會宋公、衛侯、陳侯、蔡侯伐鄭。

公與宋、衛、陳、蔡之君比音被。謀，連兵伐鄭納突，其惡可知也。

秋七月，公至自伐鄭。

助篡伐正，踰時而返。

冬，城向。舒亮反。

不時也。下言十一月，則城向在十月矣。周之十月，夏之八月也。

十有一月，衛侯朔出奔齊。

衛侯不道，國人逐之，出奔。

十有七年春正月丙辰，公會齊侯、紀侯盟于黄。二月丙午，公及邾儀父盟于趡。翠軌切。

黄，齊地。趡，魯地。

夏五月丙午，及齊師戰于奚。

此公及齊師戰也。不言公者，諱之。莊九年「及齊師戰于乾時」，僖二十有二年「及邾人戰于升陘」刑。皆此義也。奚，魯地。

六月丁丑，蔡侯封人卒。秋八月，蔡季自陳歸于蔡。

蔡桓侯無子。季，桓侯弟也。其言自陳歸于蔡者，桓侯卒，蔡季當立，時多篡奪，明季無惡，故曰「歸于蔡」，所以與許叔異也。

癸巳，葬蔡桓侯。

蔡，侯爵。書者，不請謚也。

及宋人衛人伐邾。冬十月朔，日有食之。

不言日，失之也。

十有八年春，王正月。

桓無王，元年、二年、十年、十八年書「王」者，《春秋》之法，「王」無十年不書也。十年無王則人道絶矣。是故二百四十二年，「王」無十年不書者也。

公會齊侯于濼。盧篤、力角二反。公與夫人姜氏遂如齊。

濼之會，夫人在是也。不言公及夫人會齊侯于濼者，夫人之行甚矣，不可言及也。不可言及者，公弗能制也。後言「公與夫人姜氏遂如齊」者，啓其致禍之由爾。《易》稱：「女正位乎内，男正位乎外。男女正，天地之大義也。」桓公不能内正夫人之位，而與之外如彊齊，以取弑逆之禍，宜哉。

夏四月丙子，公薨于齊。

齊侯與夫人姜氏通，使人賊公，公薨于齊。不言弑者，諱之也。

丁酉，公之喪至自齊。秋七月。冬十有二月己丑，葬我君桓公。

九月而葬。桓，謚也。其曰「葬我君桓公」者，此臣子自謚，以公禮而葬也。

春秋尊王發微卷第三

莊公名同，桓公子，莊王四年即位。莊，謚也。勝敵克亂曰莊。

元年春，王正月。

不書即位者，莊繼桓，天子命也。閔、僖亦如之。

三月，夫人孫于齊。

夫人，文姜。不言姜氏，貶之也。其言「孫于齊」者，諱奔也。内諱奔，公、夫人皆曰孫。此年「夫人孫于齊」，閔二年「夫人姜氏孫于邾」，昭二十五年「公孫于齊」是也。文姜曷爲孫于齊？文姜與桓公接，練時懼其與祭，以是孫于齊也。文姜之惡甚矣。臣子雖不可討，王法其可不誅乎？故孔子去姜氏以貶之，正王法也。

夏，單伯逆王姬。

天子嫁女於齊，魯受命主之，故使單伯逆王姬。不言如京師者，不與公使單伯如京師逆王姬也。魯桓見殺于齊，天子命莊公與齊主婚，非禮也。莊公以親讎可辭而莊公不辭，非子也，故交譏之。單，采地。伯，字。天子命大夫。

秋，築王姬之館于外。

魯主王姬者非一也，王姬之館故有常處，此言「築王姬之館于外」者，知齊讎不可接婚姻也。知齊讎不可接婚姻，故「築王姬之館于外」。與其築之于外，不若辭而勿主也。「夏單伯逆王姬」，「秋築王姬之館于外」，此公之惡從可見矣。

冬十月乙亥，陳侯林卒。王使榮叔來錫桓公命。

賞所以勸善也，罰所以懲惡也。善不賞惡不罰，天下所以亂也。桓弑逆之人，莊王生不能討，死又追錫之，此莊王之爲天子可知也。不書「天」者，脱之。榮叔，周大夫。榮，氏。叔，字。

王姬歸于齊。齊師遷紀、郱、蒲丁反。鄑、子斯反。郚。吾。

齊欲滅紀，故遷其三邑。

二年春王二月，葬陳莊公。夏，公子慶父帥師伐于餘丘。

于餘丘，附庸國。

秋七月，齊王姬卒。

外女不卒，此卒之者，公主其卒也。莊公忘父之讎，既主其嫁，又主其卒，不子之甚也。

冬十有二月，夫人姜氏會齊侯于禚。酌。

夫人姜氏會齊侯于禚，非禮也。禚，齊地。

乙酉，宋公馮卒。

三年春王正月，溺乃狄反。會齊師伐衛。

溺，内大夫之未命者。衛侯朔在齊，故溺會師伐衛。溺會齊師伐衛，謀納朔也。

夏四月，葬宋莊公。五月，葬桓王。

禮，天子七月而葬。桓王十五年崩，至此乃葬，甚矣。

秋，紀季以酅入于齊。

紀季，紀侯弟也。酅，紀侯邑也。酅，天子所封，非紀季可得有。齊欲併紀，紀季亡兄之親，取兄之邑以事于齊，其惡可知也。字者非他，諸侯之母弟未命者皆字爾。蔡叔、蔡季之類是也。

冬，公次于滑。

欲救紀也。滑，鄭地。

四年春王二月，夫人姜氏享齊侯于祝丘。

享，當時兩君相見之禮，非夫人所宜用也。其曰「夫人姜氏享齊侯于祝丘」，甚之也。祝丘，魯地。

三月，紀伯姬卒。

紀伯姬，隱二年紀裂繻所逆内女也。禮，諸侯絶傍期，姑姊妹女子嫁于國君者，尊與己同，則爲之服大功九月，常事也。故内女不卒之。此卒者，爲下「紀侯大去其國」「六月齊侯葬紀伯姬」起。

夏，齊侯、陳侯、鄭伯遇于垂。紀侯大去其國。

大去其國者，身與家俱亡之辭也。案：元年齊師遷紀郱、鄑、郚，二年「紀季以酅入于齊」，齊肆吞噬，信不道矣。紀侯守天子土，有社稷之重，人民之衆，暗懦齷齪，不能死難，畏齊强脅，棄之而去，此其可哉！身去而國家盡爲齊有，故曰「紀侯大去其國」以惡之也。不言齊滅者，齊師未嘗加其都城矣。不言出奔者，非奔也。奔者，猶有其國家在焉爾。若紀侯者，身與國家俱亡者也。不名者，以見齊襄脅逐而去。

六月乙丑，齊侯葬紀伯姬。

伯姬，内女，紀侯夫人也。紀侯大去其國，紀無臣子，故「齊侯葬紀伯姬」。齊侯不道，逐紀侯而葬伯姬，生者逐之，死者葬之，甚矣。齊侯之詐也若此。

秋七月。冬，公及齊人狩于禚。

父之讎不共戴天，莊公父親爲齊殺而遠與齊人狩。

五年春王正月。夏，夫人姜氏如齊師。

文姜不安于魯，故如齊師。直曰「如齊師」，不爲會禮也。

秋，郳五兮切，國後爲小邾。黎來來朝。

郳，附庸也。附庸之君例書字，二十三年「蕭叔朝公」是也。此名者，以其土地微陋，其禮不足，賤之也。

冬，公會齊人、宋人、陳人、蔡人伐衛。

此諸侯伐衛納朔也。不言納朔者，不與諸侯伐衛納朔也。朔行惡甚，國人逐之，奔齊，故天子不使反衛，明年王人子突救衛是也。公與諸侯連兵，不顧王命伐衛納朔，故貶諸侯曰某人某人。人諸侯則公之惡從可見矣。朔奔齊在桓十六年。

六年春王正月，王人子突救衛。

王人，微者也。稱子，尊王命也。尊王命所以重諸侯之惡也。

夏六月，衛侯朔入于衛。

六月衛侯朔入于衛，王人子突不勝諸侯之師也。諸侯連兵伐衛，王人子突救之，不勝諸侯之師，故衛侯朔得入于衛，天子之威命盡矣，公與諸侯之罪不容誅矣，故言「伐」言「救」言「入」以著其惡。

秋，公至自伐衛。螟。

拒天子伐衛。

冬，齊人來歸衛俘。

此衛寳也。其言齊人歸之者，齊本主兵伐衛，故衛寳先入于齊。齊人歸之，魯人受之，其惡一也。

七年春，夫人姜氏會齊侯于防。

防，魯地。

夏四月辛卯，夜恒星不見。夜中，星隕如雨。

常星，星之常見者也。常見而不見，此異之大者。隕，墜也。夜中星隕如雨，謂隕墜者衆也。

秋，大水。無麥、苗。

水不潤下，麥與禾黍之苗同時而死，故曰「無麥苗」。非謂一災不書，傷及二穀乃書也。案：傷一穀亦書，定元年冬十月「隕霜殺菽」是也。此聖人指其所災而實録爾。

冬，夫人姜氏會齊侯于穀。

桓公既薨，夫人姜氏與齊侯會者，數矣。三年會于禚，四年饗于祝丘，五年如齊師，此年春會于防，冬會于穀。夫人與齊侯之行可知也。穀，齊地。

八年春王正月，師次于郎，以俟陳人、蔡人。甲午，治兵。

先言「師次于郎，以俟陳人、蔡人」，後言「甲午治兵」者，惡内不知戰也。陳、蔡將入伐魯，出師于郎，待之可也。以敵之未至而始訓治之，此其可哉！夫民先教而戰，古之道也。故孔子曰：「不教民戰，是謂棄之。」鄉使陳、蔡暴至而疾戰，則民無所措手足矣。

夏，師及齊師圍郕。成。郕降于齊師。秋，師還。

夏，及齊師圍郕。其言「郕降于齊師」者，齊主兵圍郕，制命在齊也，故曰「郕降于齊師」。《春秋》用師多矣，未有言「師還」。此言師還者，惡其與强讎覆同姓，踰時還也。

冬十有一月癸未，齊無知弑其君諸兒。

無知不氏，未命也。諸兒，襄公。

九年春，齊人殺無知。

案：隱四年「衛人殺州吁于濮」，此不地者，齊人即于國内殺之也。稱人以殺，討賊辭。

公及齊大夫盟于蔇。其器切。

公及齊大夫盟，納糾也。不名齊大夫者，公忘讎不復而與齊大夫謀納糾，非齊大夫之罪也，故斥言公而不名齊大夫。文七年「公會諸侯晉大夫盟于扈」，晉大夫不名，皆此義也。蔇，齊地。

夏，公伐齊，納子糾。齊小白入于齊。

夏，公伐齊，納子糾。其言「齊小白入齊」者，小白争立也。無知之亂，管仲、召忽以公子糾來奔，鮑叔牙以公子小白奔莒。小白自莒先入，故曰「夏，公伐齊，納子糾。齊小白入于齊」也。言入者，皆非世嫡。

秋七月丁酉，葬齊襄公。

九月而葬。

八月庚申，及齊師戰于乾音干。時，我師敗績。

此公及齊師戰于乾時也。不言公者，公伐齊納讎人之子，喪師于此，此惡之大者，諱之也。内不言敗，此言「我師敗績」者，羨文。蓋後人傳授妄有所增爾。

九月，齊人取子糾，殺之。

《論語》稱：「桓公殺公子糾，召忽死之，管仲不死。」此言「齊人取子糾殺之」者，子糾，桓公兄，其次當立，桓公争國，取而殺之，甚矣。故曰「齊人取子糾，殺之」，所以重桓公之篡也。

冬，浚洙。音殊。

洙，水也。浚，深也。冬浚洙，畏齊也。

十年春王正月，公敗齊師于長勺。音杓。

報乾時之戰也。斥言公者，惡其伐齊納糾喪師乾時，不自悔過，復敗齊師于此也。長勺，魯地。

二月，公侵宋。

公既敗齊師于長勺，又退而侵宋，結怨二國。

三月，宋人遷宿。

宿，微國。天子封之，宋人遷之，其惡可知。

夏六月，齊師、宋師次于郎。公敗宋師于乘丘。秋九月，荆敗蔡師于莘，以蔡侯獻舞歸。

荆爲中國患也久矣。自方叔薄伐之後，入春秋肆禍復甚，聖王不作故也。此言「荆敗蔡師于莘，以蔡侯獻舞歸」者，荆敗蔡師于莘，獲蔡侯獻舞歸爾。不言「獲」者，不與夷狄獲中國也，❶故曰「以蔡侯獻舞歸」。名者，惡遂失國。莘，蔡地。

冬十月，齊師滅譚。譚子奔莒。

譚，小國，齊師滅之，故譚子奔莒。不名者，譚本無惡也。言奔，責不死社稷。不言出，國滅無所出也。

十有一年春王正月。夏五月戊寅，公敗宋師于鄑。子斯反。

此言「五月戊寅公敗宋師于鄑」者，甚之也。公二年之中三敗齊、宋之師，可謂甚矣。鄑，魯地。

秋，宋大水。

水不潤下也。春秋之世災異多矣，不可悉書，故外災或舉其一，或舉其二，以見天下之異也。此年秋「宋大水」，二十年「秋，齊大災」，僖十六年「隕石于宋，五。六鷁五力反。退飛，過宋都」，昭十八年「宋、衛、陳、

❶「夷狄」，四庫本作「蠻荆」。

鄭災」之類是也。

冬，王姬歸于齊。

群公受命主王姬者多矣，唯元年與此書者，惡公忘父之讎，再與齊接婚姻也。

十有二年春王三月，紀叔姬歸于酅。音攜。

紀叔姬，伯姬之媵也。酅，紀季之邑也。四年紀侯大去其國，叔姬至此而歸于酅者，歸于季也。歸者，嫁辭。以伯姬之媵而歸于季，非其所歸也，亂也。

夏四月。秋八月甲午，宋萬弒其君捷及其大夫仇牧。

萬不氏，未命也。「及其大夫仇牧」，甚之之辭也。與桓二年宋督義同。

冬十月，宋萬出奔陳。

弒君之賊當急討之。萬八月弒莊公，十月出奔陳，宋之臣子緩不討賊若此。

十有三年春，齊侯、宋人、陳人、蔡人、邾人會于北杏。

北杏之會桓公獨書爵者，孔子傷周道之絶也。桓公既入，乘天子衰季，將霸諸侯攘夷狄救中國以尊周室，乃合宋人、陳人、蔡人、邾人于此，首圖大舉。夫欲責之深者必先待之重，故北杏之會獨書其爵以與之。

北杏，齊地。

夏六月，齊人滅遂。

此桓公滅遂也。其稱人者，以其救中國之功未見，滅人小國貪自封殖，貶之也。何哉？桓公貪土地之廣，恃甲兵之衆，驅逐逼脅以强制諸侯。懼其未盡從也，約之以會，要之以盟，臨之以威，束之以力。有弗狥者，小則侵之伐之，甚則執之滅之。其實假尊周之名以自封殖爾。故此年滅遂，十四年伐宋，十五年伐郳，十六年伐鄭，十九年伐我西鄙，二十年伐戎，二十六年伐徐，二十八年伐衛，三十年降鄣，閔元年救邢，二年遷陽，皆稱人以切責之。遂，小國。

秋七月。冬，公會齊侯盟于柯。

冬，公會齊侯盟于柯。公不及北杏之會，桓既滅遂，懼其見討也，故盟于此。柯，齊地。

十有四年春，齊人、陳人、曹人伐宋。

諸侯伐宋，宋人背北杏之會也。

夏，單音善。伯會伐宋。

此公使單伯會伐宋也。桓以諸侯伐宋本不期會，魯自畏齊桓，故夏使單伯會伐宋。三國稱人獨書單伯者，吾大夫不可言魯人故也。

秋七月，荆入蔡。

荆入蔡，齊桓未能救中國也。

冬，單伯會齊侯、宋公、衛侯、鄭伯于鄄。音眷。

此桓既服宋，會單伯、宋公、陳侯、衛侯、鄭伯于鄄也。經以單伯主會爲文者，凡會盟，公或大夫往則皆以魯主會爲文。《春秋》，魯史故也。内不與則曰某人某人會于某。十五年「齊侯、宋公、陳侯、衛侯、鄭伯會于鄟」，昭二十七年「晉士鞅、宋樂祁黎、衛北宮喜、曹人、邾人、滕人會于扈」之類是也。鄟，衛地。

十有五年春，齊侯、宋公、陳侯、衛侯、鄭伯會于鄄。夏，夫人姜氏如齊。

齊侯既死，文姜不安于魯，故如齊。

秋，宋人、齊人、邾人伐郳。

宋主兵，故序齊上。郳，宋附庸，叛，故伐之。

鄭人侵宋。冬十月。

十有六年春王正月。夏，宋人、齊人、衛人伐鄭。

鄭背鄄之會侵宋，故齊桓帥諸侯伐之。齊序宋下者，與伐郳義同。

秋，荆伐鄭。

荆伐鄭，桓未能救中國可知也。

冬十有二月，會齊侯、宋公、陳侯、衛侯、鄭伯、許男、滑伯、滕子同盟于幽。

會，公會也。同者，同畏桓也。桓非命伯，伐鄭之後兵威既振，于是諸侯乃相與畏服焉。不言公者，諱之也。然桓會多矣，不可皆不見公，故于此一諱之也。

邾子克卒。

邾稱爵者，始得王命列爲諸侯也。

十有七年春，齊人執鄭詹。

稱人以執，惡桓也。詹不氏，未命也。桓十二月與鄭伯同盟于幽而春執鄭詹，安用同盟？不稱行人者，會未歸而見執也。不言以歸者，秋鄭詹自齊逃來，以歸可知也。

夏，齊人殲于遂。

齊人殲于遂，不戒也。齊侯滅人之國，使人戍之而不戒焉，此自戕之道也。噫！齊人殲于遂，自殲也。

鄭棄其師，自棄也。

秋，鄭詹自齊逃來。

鄭詹自齊逃來，未得歸于鄭也。言逃來，懼齊之甚。

冬，多麋。忙悲反。

麋，山澤皆有，言多者，以多爲異爾。

十有八年春王三月，日有食之。

不言朔，不言日，日朔俱失之也。

夏，公追戎于濟西。

案：僖二十六年齊人侵我西鄙，公追齊師至于酅，弗及。先言侵而後言追，此不言侵伐者，明不覺其來，已去而追之也。書者，譏内無戎備。

秋，有蜮。又作蜮，音或，短狐也。

蜮含沙射人爲災。

冬十月。

十有九年春王正月。夏四月。秋，公子結媵陳人之婦于鄄，遂及齊侯、宋公盟。

媵書者，爲遂事起也。公子結受命媵陳人之婦，不受命與齊侯、宋公盟。結矯命專盟，故曰「遂」以惡之，非謂大夫出境有可以安社稷利國家專之可也。案：僖三十年「公子遂如京師，遂如晉」，襄二年「仲孫蔑會晉荀罃、齊崔杼、宋華元、衛孫林父、曹人、邾人、滕人、薛人、小邾人于戚，遂城虎牢」，孔子皆譏之，何獨與公子結也？若以書至鄄爲出境乃得專之，則公子遂自京師如晉，仲孫蔑會晉荀罃自戚城虎牢，豈非出境也哉？況秋與齊侯、宋公盟，而冬齊人、宋人、陳人加兵于魯，非所謂可以安社稷利國家也。陳稱人者，媵不當書，故略言之也。

夫人姜氏如莒。冬，齊人、宋人、陳人伐我西鄙。

桓師宋、陳伐我西鄙，討鄄盟也。

二十年春王二月，夫人姜氏如莒。

文姜行惡，比年如莒。

夏，齊大災。

災，火災也。言大者，其災甚也。

秋七月。冬，齊人伐戎。

二十有一年春王正月。夏五月辛酉，鄭伯突卒。秋七月戊戌，夫人姜氏薨。冬十有二月，葬鄭厲公。

八月而葬。

二十有二年春王正月，肆大眚。所景反。

肆，放也。眚，過也。肆大眚者，罪惡無不赦之辭也。《書》稱「眚災肆赦」，《易》曰「赦過宥罪」，此天子之事也。天子尚爾，況諸侯乎？莊公肆大眚，非正也，亂法易常者也。

癸丑，葬我小君文姜。陳人殺其公子御寇。

《春秋》之義，非天子不得專殺。此言「陳人殺其公子御寇」者，譏專殺也。是故二百四十二年無天王殺大夫文，書諸侯殺大夫者四十七也。何哉？古者諸侯之大夫皆命于天子，諸侯不得專命也。大夫有罪則請于天子，諸侯不得專殺也。大夫猶不得專殺，況世子母弟乎？春秋之世，國無大小，其卿大夫士皆專命之，有罪無罪皆專殺之，其無王也甚矣！故孔子從而録之以誅其惡。觀其專殺之罪雖一，而重輕之惡有三。殺世子母弟則稱君，稱君者甚之也。殺大夫不以其罪則稱國，稱國者次之也。殺有罪則稱人，稱人者又次之也。殺世子母弟稱君者，僖五年「晉侯殺其世子申生」、襄二十六年「宋公殺其世子痤」、才禾反。三十年「天王殺其弟佞夫」之類是也。殺大夫不以其罪稱國者，僖七年「鄭殺其大夫申侯」、文六年「晉殺其大夫陽處父」、宣九年「陳殺其大夫洩冶」之類是也。殺有罪稱人者，此年「陳人殺其公子御寇」、文九年「晉人殺其大夫士縠」、户木反。昭八年「陳人殺其大夫公子過」之類是也。

夏五月。

《春秋》未有以五月首時者，此言「夏五月」者，蓋五月之下有脱事爾。

秋七月丙申，及齊高傒盟于防。

此公盟也。不言公者，高傒伉也。高傒敵公而盟，伉孰甚焉。

冬，公如齊納幣。

母喪未終，其惡可知也。

二十有三年春，公至自齊。祭側界反。叔來聘。

祭叔來聘，非天子命也，故不言使。其曰「來聘」，惡外交也。祭叔，周大夫。祭，采地。叔，字。

夏，公如齊觀社。

諸侯非享覲不踰境，公如齊觀社，非禮也。

公至自齊。荆人來聘。

荆十年敗蔡師于莘，始見于經。十四年入蔡，十六年伐鄭，皆曰荆。此稱人者，以其能慕中國，修禮來聘，少進之也。

公及齊侯遇于穀。蕭叔朝公。

諸侯相朝，非禮也。朝于内猶曰不可，況朝于外乎？故曰「公及齊侯遇于穀。蕭叔朝公」，以交譏之。蕭，附庸國。叔，字。

秋，丹桓宫楹。冬十有一月，曹伯射音亦，又音夜。姑卒。十有二月甲寅，公會齊侯盟于扈。

公會齊侯盟于扈，謀逆姜氏也。公二年之中，納幣觀社及齊侯遇于穀，比犯非禮，今又會盟于扈，甚矣！

扈，齊地。

二十有四年春王三月，刻桓宮桷。

公將納夫人，故飾宮廟以夸侈之。秋丹桓宮楹，春刻桓宮桷，皆非禮也。案成三年二月甲子新宮災者，親廟切近不忍稱其謚。此斥言「丹桓宮楹」、「刻桓宮桷」者，惡莊不子，忘父之怨，侈宗廟以夸讎女也。

葬曹莊公。夏，公如齊逆女。

常事書者，以見公婚之不時也。案：桓六年九月丁卯子同生，公十四年即位。此年如齊逆女，公即位二十四年，年三十七歲矣。公即位二十四年、年三十七歲始得成婚于齊者，文姜制之，不得以時而婚爾。故其母喪未終如齊納幣，圖婚之速也。

秋，公至自齊。八月丁丑，夫人姜氏入。

公親迎于齊，不俟夫人而至，失夫之道也。婦人從夫者也，夫人不從公而入，失婦之道也。夫不夫、婦不婦，何以爲國？非所以奉先公而紹後嗣也，不亂何待？故曰「秋，公至自齊。八月丁丑，夫人姜氏入」以惡之。

戊寅，大夫宗婦覿用幣。

大夫宗婦者，同宗大夫之婦也。覿，見也。夫人姜氏既入，莊公欲夸寵之，故使同宗大夫之婦用幣以見，非謂大夫宗婦同贄而見也，故不言及。夫三帛、二生、一死，男子之贄也。婦人榛、栗、棗、脩，告虔而已。公使大夫宗婦覿用幣，甚矣！

大水。冬，戎侵曹。曹羈出奔陳。赤歸于曹。郭公。

杜預謂「羈，曹世子」、「赤，曹僖公」者，以桓十一年「宋人執鄭祭仲。突歸于鄭。鄭忽出奔衛」，其文相類爾。案：《史記·曹世家》及《年表》：「僖公名夷。」至如《公羊》、《穀梁》言「赤，郭公名」者，理亦不安。竊謂去聖既遠，後人傳授，文有脱漏爾，故其義難了。

二十有五年春，陳侯使女叔來聘。

女叔不名，天子之命大夫也。女，氏。叔，字。

夏五月癸丑，衛侯朔卒。六月辛未朔，日有食之。鼓用牲于社。

案：日食三十六，書「鼓用牲」者三。此年「六月辛未朔，日有食之，鼓用牲于社」，三十年「九月庚午朔，日有食之，鼓用牲于社」，文十五年「六月辛丑朔，日有食之，鼓用牲于社」是也。鼓常事書者，止譏其用牲耳。

伯姬歸于杞。

隱二年書「紀裂繻來逆女」，此不言逆者，天下日亂，婚禮日壞，逆者非大夫也。逆者非大夫，故不言逆。僖二十五年「季姬歸于鄫」，成九年「伯姬歸于宋」之類是也。

秋，大水。鼓，用牲于社于門。

鼓，用牲于社于門，非禮也。

冬，公子友如陳。

如陳者，聘也。内朝聘皆曰如。

二十有六年春，公伐戎。夏，公至自伐戎。曹殺其大夫。

稱國以殺，不以其罪也。不書名氏者，脱之。僖二十五年「宋殺其大夫」皆此義也。

秋，公會宋人、齊人伐徐。冬十有二月癸亥朔，日有食之。

二十有七年春，公會杞伯姬于洮。

公會杞伯姬于洮，非禮也。洮，魯地。

夏六月，公會齊侯、宋公、陳侯、鄭伯同盟于幽。

孔子稱：「桓公九合諸侯不以兵車，管仲之力也。」案：桓公之會十有五。十三年會北杏，十四年會鄄，眷。十五年會鄄，十六年會幽，此年會幽，僖元年會檉，赤呈反。二年會貫，三年會陽穀，五年會首止，七年會甯母，八年會洮，他刀反。九年會葵丘，十三年會鹹，十五年會牡丘，十六年會淮是也。孔子止言其九者，蓋十三年會北杏桓始圖伯，其功未見；十四年會鄄又是伐宋諸侯；僖八年會洮，十三年會鹹，十五年會牡丘，十六年會淮，皆有兵車也，故止言其會之盛者九焉。此聖人貴禮義賤武力之深旨也。

秋，公子友如陳，葬原仲。

大夫非君命不越境，公子友如陳，葬原仲，非禮也。原仲，陳大夫。字者，天子命大夫也。

冬，杞伯姬來。

歸寧常事也，故不書焉。凡内女直曰來者，惡其無事而來也。

莒慶來逆叔姬。

不言來逆女者，惡其成禮于魯也。案：婚禮親迎至夫國而後成禮。莒慶成禮于魯，故不言逆女以斥之。

叔姬，莊公女。宣五年「齊高固來逆叔姬」同義。

杞伯來朝。公會齊侯于城濮。音卜。

城濮，衛地。

二十有八年春王三月，甲寅，齊人伐衛。衛人及齊人戰，衛人敗績。

前年公會齊侯、宋公、陳侯、鄭伯同盟于幽，衛侯不至，故齊人伐衛。衛人及齊人戰，衛不服罪也。以衛主齊者，衛受伐也。《春秋》之義，伐者爲客，受伐者爲主，故曰「衛人及齊人戰」。不地者，戰于衛也。敗稱師此稱人者，不以師敗乎人也。

夏四月丁未，邾子瑣卒。秋，荆伐鄭。公會齊人、宋人救鄭。

荆二十三年來聘稱人，此不稱人者，以其創艾中國，❶復狄之也。❷

冬，築郿。音眉。

功大曰城，小曰築。

---

❶ 「中國」，四庫本作「諸夏」。

❷ 「狄」，四庫本作「貶」。

大無麥、禾。

冬書「大無麥、禾」者，簡言之也。此秋大無麥，冬大無禾爾，不可言秋大無麥、冬大無禾，故簡言之也。《書》曰：「土爰稼穡，稼穡作甘。」大無麥、禾，土失其性也。穀於民食最重也。

臧孫辰告糴于齊。

不言如齊者，不與莊公使臧孫辰告糴于齊也。上言「大無麥、禾」，則百姓飢矣。其言不與莊公使臧孫辰告糴于齊者，病莊公也。莊公爲國久矣。古者三年耕必有一年之畜，九年耕必有三年之畜，三十年通之，雖有水旱蟲螟，民無不足者。莊公爲國二十八年而無一年之畜，非所以爲國也。臧孫辰，公子彄起侯反。曾孫。

二十有九年春，新延廄。

惡不愛民也。「冬，大無麥、禾，臧孫辰告糴于齊」，則民飢矣。延廄雖壞，未新可也。莊公春新延廄，不愛民力若此。

夏，鄭人侵許。秋，有蜚。扶味反。冬十有二月，紀叔姬卒。

叔姬十二年歸于酅。攜。卒于酅。

城諸及防。

三十年春王正月。夏，師次于成。秋七月，齊人降鄣。音章。

案：八年師及齊師圍郕，郕降于齊師，先言「圍」而後言「降」。此直書「齊人降鄣」者，惡齊强脅，且見鄣微弱不能伉齊之甚也。

八月癸亥，葬紀叔姬。

媵而卒葬之者，歸于酅，卒于酅，皆非其所也。

九月庚午朔，日有食之。鼓，用牲于社。

凡救日食，鼓，禮也。用牲，非禮也。孔子書「鼓用牲」者，止譏其用牲耳，非謂九月不鼓也。

冬，公及齊侯遇于魯濟。子禮反。齊人伐山戎。

三十有一年春，築臺于郎。夏四月，薛伯卒。築臺于薛。六月，齊侯來獻戎捷。

戎捷，伐山戎之所得也。齊侯來獻戎捷，非禮也。

秋，築臺于秦。

莊比年興作，今又一歲而三築臺，妨農害民莫甚乎此。薛、秦，魯地也。

冬，不雨。

三十有二年春，城小穀。

魯邑，曲阜西北有小穀城。

夏，宋公、齊侯遇于梁丘。秋七月癸巳，公子牙卒。

公子牙，桓公子，莊公庶弟。

八月癸亥，公薨于路寢。

路寢，正寢。公薨于路寢，正也。凡公薨皆書其所在者，謹凶變也。

冬十月己未，子般卒。

子般，莊公太子，未踰年之君也。莊公未葬，故不名。薨不地者，降成君也。此與襄三十一年「秋九月癸巳，子野卒」義同。

公子慶父如齊。狄伐邢。

春秋尊王發微卷第四

閔公名開，莊公子，惠王十六年即位。閔，謚也。在國逢難曰閔。

元年春王正月，齊人救邢。

桓未能帥諸侯以往，故猶稱人。

夏六月辛酉，葬我君莊公。

秋八月，公及齊侯盟于落姑。季子來歸。

十一月葬。

秋，公與齊侯盟于落姑，以納季子，故季子來歸。何也？莊公薨，子般卒，閔公沖幼，慶父與夫人通，勢傾公室不朝夕。國人汹汹，思得季友以平内亂，故曰「季子來歸」也。子者，男子之通稱。不言出，公子之末命者也。落姑，齊地。

冬，齊仲孫來。

仲孫，齊大夫。非齊侯命，故不稱使。非齊侯命則奔也。不言奔者，非奔也，仲孫私來也。仲孫私來，故曰「齊仲孫來」以惡之。此與隱元年「祭伯來」義同。字者，天子命大夫。

二年春王正月，齊人遷陽。

陽，微國。

夏五月乙酉，吉禘于莊公。

吉禘于莊公，非禮也。魯以周公禘于太廟，此天子大祭，非諸侯可得用也。謂之吉者，莊公葬二十二月未可吉也，故曰「五月乙酉吉禘于莊公」，以著其僭天子之惡。不言莊宫者，明未三年也。

秋八月辛丑，公薨。

此慶父弑也。不言慶父弑者，諱之也。内諱弑，故弑君之賊皆不書焉。不葬者，義與隱公同。

九月，夫人姜氏孫遜。于邾。公子慶父出奔莒。

公子慶父、夫人姜氏同惡之人也。夫人孫于邾，故慶父出奔莒。書者，深惡季子緩不討賊也。案：元年公與齊侯盟于落姑以納季子，季子來歸，獨執國命。當是時以魯之衆，因齊之力，討慶父而戮之，勢甚易爾。而季子不能也，使閔公遽罹弑逆之禍，悲哉！

冬，齊高子來盟。

案：桓十四年鄭伯使其弟語來盟，此不言使者，高子請來結盟于我也。閔公遇弑，慶父未討，季友立僖，僖又非正，高子請來結盟于我以定僖公之位，故不言使。僖四年「楚屈俱勿反。完來盟」皆此義也。

十有二月，狄入衛。鄭棄其師。

鄭棄其師，惡鄭伯也。豈奔潰離散云乎哉？鄭伯有其師無其將。將者，百姓之司命也。鄭伯以百姓之命授之匪人，非棄而何？故曰「鄭棄其師」以惡之。噫！鄭棄其師，梁亡，皆自取之也。梁亡見僖十九年。

春秋尊王發微卷第五

僖公名申，莊公子，閔公庶兄，惠王十八年即位。僖，謚也。小心畏忌曰僖。

元年春王正月，齊師、宋師、曹師次于聶北，救邢。

桓自滅遂二十年用師征伐皆稱「人」者，以其攘夷狄救中國之功未著，微之也。案：莊三十二年狄伐邢，閔元年齊人救邢，桓未能率諸侯以往，故猶稱「人」焉。至此稱「師」者，以其能合二國次于聶北救邢。齊桓攘夷狄救中國之功漸見，少進之也。然猶有次焉。先言「次」而後言「救」者，譏緩于救患也。滅遂在莊十三年。

夏六月，邢遷于夷儀。齊師、宋師、曹師城邢。

桓公不急救患，故邢遷于夷儀。邢人已遷，三國之師乃往助城之，故曰「齊師、宋師、曹師城邢」也。夷儀，邢地。

秋七月戊辰，夫人姜氏薨于夷。齊人以歸。

夫人，哀姜也。閔二年孫于邾，桓公取而殺之。不言殺者，諱之也。其言「齊人以歸」者，以其尸歸也。哀姜與弑閔公，桓公討而殺之，正也。然以其尸歸，此則甚矣。夷，齊地。

楚人伐鄭。

莊十年荆敗蔡師于莘，始見于經，十四年入蔡稱「荆」，二十三年來聘始進稱「人」，二十八年伐鄭稱「荆」，反狄之。今曰「楚人伐鄭」者，以其兵衆地大，漸通諸夏，復其舊封，比之小國也。故自此十數年侵伐用兵皆稱「人」焉。

八月，公會齊侯、宋公、鄭伯、曹伯、邾人于檉。赤呈反。

楚人伐鄭，故桓合諸侯于檉。公有母喪，出會，非禮也。檉，宋地。

九月，公敗邾師于偃。

公檉會方退，親敗邾師于偃，其惡可知。偃，邾地。

冬十月壬午，公子友帥師敗莒師于酈。力知反。獲莒挐。女居反，又女加反。

討慶父也。其言「獲莒挐」者，不可言獲莒人爾。莒大夫不氏，未命也。慶父閔二年奔。酈，魯地。

十有二月丁巳，夫人氏之喪至自齊。

此夫人哀姜之喪也。不稱姜者，貶之也。案：孫于邾不貶，此而貶者，孫于邾不貶不以子討母也，此而貶者正王法也。不去氏，殺子之罪比文姜殺夫差輕。孫邾在閔二年。

二年春王正月，城楚丘。

此會檉，諸侯城楚丘也。不言諸侯者，桓公怠于救患，諸侯不一也。桓公怠于救患，諸侯不一則孰城之？魯城之也。案：閔二年狄入衛，覆彼國家，君死民散，桓公視之不救，其怠于救患可知也。桓公怠于救患，故諸侯不一。諸侯不一，故魯城之。襄五年「戍音庶。陳」，十年「戍鄭虎牢」皆此義也。然則善與？

非善也。此桓公之命城楚丘以存亡國，曷以謂之非善？雖曰桓公之命城楚丘以存亡國，與其亡而存之，不若未亡而救之之善也。楚丘，衛邑。不言城衛者，衛未遷也。

夏五月辛巳，葬我小君哀姜。虞師、晉師滅夏陽。夏，一作下。

虞師、晉師滅夏陽，虞序晉上者，虞主乎滅夏陽也。案：隱五年「邾人、鄭人伐宋」，莊十五年「宋人、齊人、邾人伐郳」，邾序鄭上，宋序齊上，此虞主乎滅夏陽可知也。夏陽，微國。

秋九月，齊侯、宋公、江人、黄人盟于貫。

楚故也。貫，宋地。

冬十月，不雨。

不雨一時即書者，僖公憂民懼災之甚也。

楚人侵鄭。

三年春王正月，不雨。夏四月，不雨。徐人取舒。六月雨。

秋，齊侯、宋公、江人、黄人會于陽穀。

陽穀，齊地。

冬，公子友如齊涖盟。

涖，臨也。凡言涖盟者，受盟于彼也。來盟者，受盟于我也。

楚人伐鄭。

四年春王正月，公會齊侯、宋公、陳侯、衛侯、鄭伯、許男、曹伯侵蔡。蔡潰。遂伐楚，次于陘。音刑。

桓之病楚也久矣，故元年會于檉，二年盟于貫，三年會于陽穀，以謀之。是時楚方强盛，勢陵中國，不可易也。蔡，楚與國。故先侵蔡，侯其兵震威行，然後大舉。蔡既潰，遂進師，次于敵境。陘，楚地。

夏，許男新臣卒。

夏，許男新臣卒于師。不言師者，桓公之行，諸侯安之，與國内同也。

楚屈俱勿反。完來盟于師，盟于召音紹。陵。

案：成二年季孫行父、臧孫許、叔孫僑如、公孫嬰齊帥師會晉郤去逆反。克、衛孫良夫、曹公子首及齊侯戰于鞌，齊師敗績。秋七月，齊侯使國佐如師。己酉，及國佐盟于袁婁。此不言使者，楚子聞蔡潰，桓師及境，大懼，屈完請盟于師也。屈完，❶楚之爲政者也。桓公許焉，乃退師與屈完盟于召陵，故曰「楚屈完來盟于師，盟于召陵」也。案：元年桓公救邢城邢皆曰某師某師，此合魯、衛、陳、鄭七國之君侵蔡遂伐楚書爵者，以其能服强楚攘夷狄救中國之功始著也。故自是征伐用師皆稱爵焉。夫楚，夷狄之鉅者也，乘時竊號，斥地數千里，恃甲兵之衆，猖狂不道，創艾中國者久矣。桓公帥諸侯一旦不血刃而服之，師徒不勤，諸侯用寧，訖桓公之世截然中國無侵突之患，此攘夷狄救中國之功可謂著矣。故孔子曰：「管仲相桓公，霸諸侯，一正天下，民到于今受其賜。微管仲，吾其被髮左衽矣！」是故召陵之盟專與桓也。孔子揭王法

❶ 自「屈完楚之爲政者」至「此孔子所以傷之也」三百二十三字，四庫本删。

撥亂世以繩諸侯，召陵之盟專與桓者非他，孔子傷聖王不作，周道之絶也。夫《六月》《采芑》《江漢》《常武》美宣王中興，攘夷狄救中國之詩也。使平、惠以降，有能以王道興起如宣王者，則攘夷狄救中國之功在乎天子，不在乎齊桓、管仲矣，此孔子所以傷之也。召陵，楚地。

齊人執陳轅濤塗。

陳轅濤塗，陳大夫。稱人以執，不得其罪也。桓公既與陳侯南服强楚，歸而反執陳轅濤塗，其惡可知也。

秋，及江人、黄人伐陳。

內言「及」，外稱「人」，皆微者也。

八月，公至自伐楚。

出踰二時。

葬許穆公。冬十有二月，公孫兹帥師會齊人、宋人、衛人、鄭人、許人、曹人侵陳。

桓公執陳轅濤塗，執非其罪。秋，使魯人、江人、黄人伐陳。冬，又會公孫兹、宋人、衛人、鄭人、許人、曹人侵陳，甚矣！公孫兹，公子牙子。

五年春，晉侯殺其世子申生。

世子，世君位者也。稱君以殺世子，甚之也。獻公五子，世子申生，次重耳，次夷吾，次奚齊，次卓子，皆申生庶弟也。獻公愛奚齊，欲立之，乃殺世子申生，可謂甚矣。

杞伯姬來朝其子。

伯姬，内女。來朝其子者，以其子來朝也。諸侯來朝猶曰不可，杞伯姬來朝其子，非禮可知。

夏，公孫兹如牟。

牟，微國。

公及齊侯、宋公、陳侯、衛侯、鄭伯、許男、曹伯會王世子于首止。

此桓帥諸侯致王世子于首止也。經言「公及齊侯、宋公、陳侯、衛侯、鄭伯、許男、曹伯會王世子于首止」者，不與桓致王世子，使與諸侯齊列也。故先言公及諸侯而後言會王世子以尊之。尊王世子，所以重桓之惡也。首止，衛地。

秋八月，諸侯盟于首止。鄭伯逃歸，不盟。

不言王世子者，會猶可言也，盟之則甚矣。王世子，世天下者也，非諸侯可得盟也。鄭伯逃歸不盟者，鄭伯不肯受盟故逃歸。言逃，懼齊之甚。

楚人滅弦。弦子奔黄。

此言楚人滅弦者，惡桓不能救也，故弦子不名。十年狄滅温，十二年楚人滅黄，同此。

九月戊申朔，日有食之。冬，晉人執虞公。

稱人以執，惡晉侯也。五等之制，雖其國家、宫室、車旗、衣服、禮儀之有差，而天子命之南面稱孤，皆諸侯也。其或有罪，方伯請于天子，命之執則執之，不得專執也。有罪猶不得專執，況無罪者乎？春秋之世，諸侯無小大，唯力是恃，力能相執則執之，無復請于天子，故孔子從而録之，正以王法。或則稱侯以著其惡，或則稱人以奪其爵。稱侯以著其惡者，謂雖非王命，執得其罪，其罰輕，故但著其專執之惡。二十八年「晉侯入曹，執曹伯畀宋人」，成十五年「晉侯執曹伯，歸于京師」之類是也。稱人以奪其爵者，謂既非王命，又執不得其罪，其罰重，故奪其爵。此年「晉人執虞公」、十九年「宋人執滕子嬰齊」之類是也。

六年春王正月。夏，公會齊侯、宋公、陳侯、衛侯、曹伯伐鄭，圍新城。

鄭伯逃首止之盟，故桓帥諸侯伐鄭，圍新城。新城，鄭邑。

秋，楚人圍許。諸侯遂救許。冬，公至自伐鄭。

出踰三時。

七年春，齊人伐鄭。夏，小邾子來朝。

小邾子，邾之別封也。故曰「小邾子」以別之。

鄭殺其大夫申侯。

鄭殺其大夫申侯，稱國以殺，不以其罪也。

秋七月，公會齊侯、宋公、陳世子款、鄭世子華盟于甯母。

言鄭世子華者，齊人伐鄭未已，鄭伯懼，欲求成于齊，故先使世子華受盟于甯母也。甯母，魯地。

曹伯班卒。公子友如齊。冬，葬曹昭公。

八年春王正月。公會王人、齊侯、宋公、衛侯、許男、曹伯、陳世子款盟于洮。

王人，微者也，序于諸侯之上者，《春秋》尊王，故王人雖微，序于諸侯之上也。洮，魯地。

鄭伯乞盟。

此以其逃首止之盟乞之也。齊人連年伐鄭，世子華雖受盟甯母，鄭伯猶懼見討，故自乞盟于此也。乞者，卑請之辭。

夏，狄伐晉。秋七月，禘于太廟，用致夫人。

禘，天子大祭。夫人，成風也。不言風氏者，成風，僖公妾母，嫁非廟見，不得與祭。僖公既君，欲尊其母，故因此秋禘用夫人之禮致于太廟，使之與祭也。妾母稱夫人，僭之大者，故不言風氏以貶之。案：莊元年「夫人文姜孫于齊」，貶去姜氏。此不言風氏，其貶可知也。

冬十有二月丁未，天王崩。

惠王書崩不書葬者，得常也。

九年春王三月丁丑，宋公御音禦。説音悦。卒。夏，公會宰周公、齊侯、宋子、衛侯、鄭伯、許男、曹伯于葵丘。

桓以諸侯致宰周公于葵丘。經以宰周公主會爲文者，不與桓以請侯致天子三公也。宋在喪，故稱子。葵丘，宋地。

秋七月乙酉，伯姬卒。

直曰伯姬，未適人也。未適人卒者，許嫁則服，服則得常，常則不書。書者，譏不服也。十六年鄫似陵反。季姬卒，文十二年子叔姬卒，皆此義也。

九月戊辰，諸侯盟于葵丘。

桓公圖伯，内帥諸侯，外攘夷狄，討逆誅亂，以救中國。經營馳驟，出入上下三十年，勞亦至矣。然自服强楚，其心乃盈，不能朝于京師，翼戴天子，興衰振治以復文武之業。前此五年致王世子于首止，今復致宰周公于葵丘，觀其心也，盈已甚矣。《孟子》稱「五伯桓公爲盛。葵丘之會，諸侯束牲載書而不歃血。初命曰：『誅不孝，無易立子，❶無以妾爲妻。』再命曰：『尊賢，育才，以彰有德。』三命曰：『敬老，慈幼，無忘賓旅。』四命曰：『士無世官，官事無攝，取士必得，無專殺大夫。』五命曰：『無曲防，無遏糴，無有封而不告』」者，豈美桓哉？蓋疾當時諸侯有所激而云爾。故曰：「五伯者，三王之罪人也；今之諸侯，五伯之罪人也；今之大夫，今之諸侯之罪人也。」此葵丘之盟，桓公之惡從可見矣。

甲子，晉侯佹音鬼諸卒。冬，晉里克殺其君之子奚齊。

奚齊，未踰年之君也。其言「晉里克殺其君之子奚齊」者，奚齊庶孽，其母嬖，獻公殺世子申生以立之，《春秋》不與，故曰「晉里克殺其君之子奚齊」以惡之也。

十年春王正月，公如齊。

公始朝齊也。不主者，朝齊安之，與他國異也。十五年如齊，同此。

狄滅温，温子奔衛。晉里克弑其君卓及其大夫荀息。

---

❶「立」，四庫本作「樹」。

「晉里克弒其君卓及其大夫荀息」者，甚之之辭也。桓二年「宋督弒其君與音于。夷及其大夫孔父」，莊十二年「宋萬弒其君捷及其大夫仇牧」，其義一也。

夏，齊侯許男伐北戎。晉殺其大夫里克。

里克弒奚齊、卓子，不以討賊辭書者，惠公殺之不以其罪也。惠公立，懼其又將賊己，以是殺克也，故不得從討賊辭。

秋七月。冬，大雨于付反。雪。

十有一年春，晉殺其大夫丕普悲反。鄭父。夏，公及夫人姜氏會齊侯于陽穀。

公及夫人姜氏會齊侯于陽穀，參譏之也。

秋八月，大雩。冬，楚人伐黄。

十有二年春王三月庚午，日有食之。夏，楚人滅黄。秋七月。冬十有二月丁丑，陳侯杵臼卒。

十有三年春，狄侵衛。夏四月，葬陳宣公。公會齊侯、宋公、陳侯、衛侯、鄭伯、許男、曹伯于鹹。

鹹，衛地。

秋九月，大雩。冬，公子友如齊。

十有四年春，諸侯城緣陵。

諸侯不序者，會鹹諸侯也。杞微弱，上下同心，一力而城之，故曰「諸侯」，所以與「城楚丘」異也。緣陵，杞邑。

夏六月，季姬及鄫似陵反，或作繒。子遇于防。使鄫子來朝。

內女嫁曰「歸于某」，隱二年「伯姬歸于紀」，莊二十六年「伯姬歸于杞」之類是也。出曰「來歸」，宣十六年「郯伯姬來歸」、成五年「杞叔姬來歸」之類是也。無事而來則曰「來」，莊二十七年「杞伯姬來」、僖二十八年「杞伯姬來」之類是也。季姬上無歸鄫之文，則是未嫁者也。此年六月季姬及鄫子遇于防，使鄫子來朝，明年九月季姬歸于鄫，是季姬先與鄫子遇于防，而後乃嫁于鄫也。此季姬之行不正可知矣。故稱「及」稱「遇」稱「使」以著其惡。

秋八月辛卯，沙鹿崩。

沙，山名。鹿，山足也。其言沙鹿崩者，謂山連足而崩爾。《詩》曰：「百川沸騰，山冢崒崩。」山冢崒崩猶以爲異，況連足而崩乎？此異之甚者。

狄侵鄭。冬，蔡侯肸卒。

十有五年春王正月，公如齊。楚人伐徐。三月，公會齊侯、宋公、陳侯、衛侯、鄭伯、許男、曹伯盟于牡丘，遂次于匡。公孫敖帥師及諸侯之大夫救徐。

言「次」言「救」者，惡諸侯緩于救患也。諸侯既約救徐，而遣大夫往，此緩于救患可知也。公孫敖，公子慶父子。牡丘，衛地。

夏五月，日有食之。秋七月，齊師、曹師伐厲。

厲，楚與國。

八月，螽。九月，公至自會。

暴露師衆三時。

季姬婦于鄫。

不書逆者，微也。

己卯晦，震夷伯之廟。

大夫之廟書者，夷伯僭也。春秋亂世，諸侯僭天子，大夫僭諸侯，故此一見大夫之僭焉。夷，謚。字者，天子命大夫。

冬，宋人伐曹。楚人敗徐于婁林。十有一月壬戌，晉侯及秦伯戰于韓，獲晉侯。

《春秋》用兵，大夫生得曰「獲」。僖元年「公子友帥師敗莒師于酈，獲莒挐」，女居、女加二反。宣二年「宋華元帥師及鄭公子歸生帥師，戰于大棘。宋師敗績，獲宋華元」之類是也。未有諸侯獲諸侯者。此言「晉侯及秦伯戰于韓，獲晉侯」者，賤晉侯、疾秦伯之辭也。賤晉侯、疾秦伯者，晉侯失道，不顧人命以起此戰，秦伯獲之則又甚矣。故言「戰」言「獲」以著其惡。不言「以歸」者，舉重也。韓，晉地。

十有六年春王正月戊申朔，隕石于宋五。是月，六鷁五力反。退飛，過宋都。

五石，異之甚者也。六鷁，異之細者也。故曰「正月戊申朔，隕石于宋五。是月，六鷁退飛，過都」也。其言「是月」者，不可再書「正月」故也。

三月壬申，公子季友卒。

公子季友卒，字者，天子命大夫也。

夏四月丙申，鄫季姬卒。秋七月甲子，公孫兹卒。冬十有二月，公會齊侯、宋公、陳侯、衛侯、鄭伯、許男、邢侯、曹伯于淮。

十有七年春，齊人、徐人伐英氏。夏，滅項。

此齊人、徐人滅項也。上言「齊人、徐人伐英氏」，下言「滅項」，此齊人、徐人滅項可知也。英氏，楚與國。

秋，夫人姜氏會齊侯于卞。九月，公至自會。

踰三時。卞，魯地。

冬十有二月乙亥，齊侯小白卒。

十有八年春王正月，宋公、曹伯、衛人、邾人伐齊。

齊桓公六子無嫡，長公子無虧，次惠公元，次孝公昭，次昭公潘，次懿公商人，次公子雍。桓公卒，無虧立。五公子並争，齊大亂。宋襄以諸侯伐齊，孝公故也。

夏，師救齊。五月戊寅，宋師及齊師戰于甗。魚免反，又音言、音彦。齊師敗績。

宋師伐齊，以五月敗齊師于甗。無虧死，遂立孝公。案：二十七年齊昭卒，八月葬齊孝公，此立孝公可知也。《春秋》之義，伐者爲客，受伐者爲主。此以宋主齊者，不與宋襄伐齊也。宋襄伐人之喪，擅易人之主，甚矣。甗，齊地。

狄救齊。秋八月丁亥，葬齊桓公。

九月而葬。

冬，邢人、狄人伐衛。

邢人、狄人伐衛，救齊也。狄稱人者，善救齊。

十有九年春王三月，宋人執滕子嬰齊。

宋人執滕子嬰齊，不得其罪也。滕子名者，惡遂失國也。

夏六月，宋公、曹人、邾人盟于曹南。鄫子會盟于邾。己酉，邾人執鄫子用之。

鄫子不及曹南之盟，故會盟于邾。「邾子執鄫子用之」，用之爲牲，歃血以盟也。諸侯不得相執，邾人不道，執鄫子用之。天子不能誅也，悲夫！

秋，宋人圍曹。衛人伐邢。冬，會陳人、蔡人、楚人、鄭人盟于齊。

內不出主名，外稱人，皆微者。

梁亡。

梁亡，惡不用賢也。梁伯守天子土，有宗廟社稷之重，有軍旅民人之衆。左右前後朝夕與爲治，莫有聞者，是左右前後皆非其人也。左右前後皆非其人，不亡何待？故直曰「梁亡」，以惡之。

二十年春，新作南門。

城郭門户皆有舊制，壞則修之。常事書者，譏其侈泰妨農功，改舊制也。案：莊二十九年「春，新延廄」不言「作」，此言「作」，改舊制可知也。

夏，郜音告。子來朝。五月乙巳，西宮災。

西宮，公別宮也。

鄭人入滑。秋，齊人、狄人盟子邢。

狄稱人者，猶與中國故也。

冬，楚人伐隨。

二十有一年春，狄侵衛。宋人、齊人、楚人盟于鹿上。

齊桓公死，宋人欲宗諸侯，故盟于鹿上。鹿上，宋地。

夏，大旱。秋，宋公、楚子、陳侯、蔡侯、鄭伯、許男、曹伯會于盂。執宋公以伐宋。

宋襄合諸侯于盂，以致楚子。楚子怒執宋公以伐宋。不言楚子執宋公以伐宋者，不與楚子執宋公以伐宋也。故以諸侯共執爲文，所以抑强夷而存中國也。然則楚稱子者，案：吴、楚本子爵，入春秋始則曰「荆」曰「楚」曰「吴」，終則稱「人」稱「子」。楚始謂之「荆」者，楚先吴僭，罪大貶重，猶曰荆州之夷也。既而曰「楚」曰「吴」者，君臣同辭以國舉之也。終則稱「人」稱「子」者，以其漸同中國，與諸侯會盟及修禮來聘。稱「人」，少進也；稱「子」，復舊爵也。吴楚之君狂僭之惡，罪在不赦，固宜終春秋之世貶之。孔子不終春秋之世貶之者，傷聖王不作，中國失道之甚也。盂，宋地。

冬，公伐邾。楚人使宜申來獻捷。

楚人，楚子也。不言楚子者，以其執宋公伐宋，貶之也。捷，宋捷也。不言宋捷者，不與楚捷于宋也。莊

三十一年「齊侯來獻戎捷」，言齊侯言戎捷。缺。❶

十有二月癸丑，公會諸侯盟于薄，釋宋公。

楚子執宋公以伐宋，公懼，故「會諸侯盟于薄，釋宋公」。不言楚子釋宋公者，不與楚子專釋也。

二十有二年春，公伐邾，取須句。其俱反。

公伐邾取須句，言「伐」言「取」者，惡公伐邾非以其罪，利其土地。

夏，宋公、衛侯、許男、滕子伐鄭。

鄭即楚故也。案：莊十六年荆伐鄭，二十八年荆伐鄭，僖元年楚人伐鄭，二年楚人侵鄭，三年楚人伐鄭，鄭不即楚此而即者，齊桓既死，宋襄不能與楚伉也。

秋八月丁未，及邾人戰于升陘。音刑。

此公及邾人戰也，不言公者，公不道。伐邾取須句以起此戰，惡之大者，故曰「及邾人戰于升陘」以諱之也。升陘，魯地。

冬十有一月己巳朔，宋公及楚人戰于泓，宋師敗績。

夏，宋公、衛侯、許男、滕子伐鄭。鄭，楚與國也，故楚人伐宋。冬十有一月，宋公及楚人戰于泓，宋師敗績，襄公傷焉。噫！宋襄無齊桓之資，欲紹齊桓之烈，帥諸侯以致强楚，故盂之會見執受伐，今復與楚争

❶「缺」，四庫本作「義同」。

鄭以起此戰，喪師泓水之上，身傷，七月而死，爲中國羞。惜哉！泓，宋水。

二十有三年春，齊侯伐宋，圍緡。

楚人敗宋公于泓，齊侯視之不救而又加之以兵，故「伐」「圍」並書，以誅其惡。

夏五月庚寅，宋公兹父卒。

傷于泓故。

秋，楚人伐陳。冬十有一月，杞子卒。

二十有四年春王正月。夏，狄伐鄭。秋七月。冬，天王出居于鄭。

襄王也。周無出，此言出者，惡襄王自絶于周，則奔也。其言「居于鄭」者，天子至尊，故所至稱居，與諸侯異也。

晉侯夷吾卒。

二十有五年春王正月丙午，衛侯燬滅邢。

衛侯名者，孔子傷天下之亂，時無賢伯。邢、衛皆齊桓所存之亡國也，衛侯不念桓公之大德，以絶先祖之支體，甚矣！故生而名之也。

夏四月癸酉，衛侯燬卒。宋蕩伯姬來逆婦。

伯姬，内女嫁爲宋大夫蕩氏妻，爲其子來逆婦也。伯姬自爲其子來逆婦，非禮也。

宋殺其大夫。

稱國以殺，不以其罪也。不稱名氏者，與莊二十六年「曹殺其大夫」義同。

秋，楚人圍陳，納頓子于頓。

頓子迫于陳，懼而奔楚，故「楚人圍陳，納頓子于頓」。頓，微國。

葬衛文公。冬十有二月癸亥，公會衛子、莒慶盟于洮。

二十有六年春王正月己未，公會莒子、衛甯速盟于向。舒亮反。齊人侵我西鄙，公追齊師至酅，音攜。弗及。

侵稱「人」、追稱「師」者，不可言公追齊人故也。至酅弗及者，譏魯失戎備，明齊人已去而追之爾。酅，齊地。

夏，齊人伐我北鄙。衛人伐齊。公子遂如楚乞師。

齊再伐我，故公子遂如楚乞師。夫國之大小、師之衆寡皆有王制，不可乞也。書者，惡魯不能内修戎備而外乞師于夷狄。

秋，楚人滅夔，以夔子歸。

夔，楚同姓國。不名者，略夷狄。

冬，楚人伐宋，圍緡。公以楚師伐齊，取穀。

楚，❶夷狄也。齊，中國。以夷狄伐中國固甚不可，而又取其地焉，此公之惡可知也。

---

❶「楚夷狄也」至「固甚不可」十七字，四庫本作「魯既不能内修戎備而乞師于荆楚以伐太公之後」。

公至自伐齊。

二十有七年春，杞子來朝。夏六月庚寅，齊侯昭卒。秋八月乙未，葬齊孝公。乙巳，公子遂帥師入杞。

春，杞子來朝。秋，公子遂帥師入杞，甚矣。

冬，楚人、陳侯、蔡侯、鄭伯、許男圍宋。

楚子自會盂執宋公伐宋之後，復貶稱人。冬，楚人使宜申來獻捷，二十二年宋公及楚人戰于泓，二十五年楚人圍陳納頓子于頓，二十六年楚人滅夔以夔子歸，此年楚人、陳侯、蔡侯、鄭伯、許男圍宋是也。陳侯、蔡侯、鄭伯、許男不同貶者，四國之君雜然從夷圍中國，❶其貶自見也。會盂伐宋在二十一年。

十有二月甲戌，公會諸侯盟于宋。

諸侯圍宋，公常與楚，故會諸侯盟于宋。

二十有八年春，晉侯侵曹，晉侯伐衛。

曹、衛，楚與國也。晉侯將救宋，故侵曹伐衛。不言「遂」者，非繼事也。此侵曹既反而後伐衛耳，故曰「晉侯侵曹，晉侯伐衛」也。

公子買戍衛，不卒戍，刺七賜反。之。楚人救衛。

公叛晉與楚，故使公子買戍衛。且以晉之兵力非公子買所能伉也，故買不卒戍而歸。徐聞楚人救衛，公

❶「夷」，四庫本作「楚」。

懼楚之見討也，乃殺買以說焉。公內殘骨肉，外苟說于强夷，故曰「公子買戍衛，不卒戍，刺之」以著其惡。內殺大夫曰刺。

三月丙午，晉侯入曹。執曹伯，畀宋人。

晉侯侵曹，曹不服罪，故入曹執曹伯畀宋人。畀，與也。晉侯入曹執曹伯，不歸于京師，畀宋人使自治之。甚矣！不奪爵者，曹伯背華即夷，❶晉侯圖伯，執得其罪也。

夏四月己巳，晉侯、齊師、宋師、秦師及楚人戰于城濮。楚師敗績。

晉文始見于經，孔子遽書爵者，與其攘夷狄救中國之功不旋踵而建也。昔者齊桓既歿，楚人復張，猖狂不道，欲宗諸侯，與宋並争，❷會盂、戰泓，以窘宋者數矣。今又圍之踰年，天下諸侯莫有能與伉者。晉文奮起，春征曹、衛，夏服强楚，討逆誅亂以紹桓烈，自是楚人遠屏，不犯中國者十五年，此攘夷狄救中國之功，可謂不旋踵而建矣。噫！東遷之後，周室既微，四夷乘之，以亂中國，盜據先王之土地，戕艾先王之民人，憑陵寇虐，四海汹汹，禮樂衣冠蓋掃地矣。其所由來者非四夷之罪也，中國失道故也。是故吴楚因之，交僭大號，觀其蠻夷之衆斥地數千里，馳驅宋、鄭、陳、蔡之郊，諸侯望風畏慄，唯其指顧，奔走之不暇。鄉非齊桓、晉文繼起，盟屈完于召陵，敗得臣于城濮，驅之逐之，懲之艾之，則中國幾何不胥而夷狄矣。故

❶「華即夷」，四庫本作「晉即楚」。

❷「與宋並争」至「此孔子之深旨也」三百五十字，四庫本删。

召陵之盟、城濮之戰，專與齊桓、晉文也。《孟子》稱「仲尼之徒無道桓文之事」，此言專與齊桓、晉文者，其實傷之也。孔子傷周道之絶，與其攘夷狄救中國一時之功爾。召陵之盟、城濮之戰，雖然迭勝强楚，不能絶其僭號以尊天子，使平、惠以降有能以王道興起如宣王者，則是時安有齊桓、晉文之事哉？此孔子之深旨也。

楚殺其大夫得臣。

不氏，未命也。

衛侯出奔楚。

衛侯聞晉師勝，故懼而奔楚。不名者，以見晉文逼逐而去。

五月癸丑，公會晉侯、齊侯、宋公、蔡侯、鄭伯、衛子、莒子盟于踐土。

踐土之盟，襄王在是也，不書者，不與晉文致天子也。晉文既攘强楚，不能朝于京師，廟獻楚俘以警夷狄，反以乘勝之衆坐致衰陵之主，盟諸侯于是，甚矣！踐土，鄭地。

陳侯如會。

來不及盟，故曰如會。陳本與楚，楚敗歸中國。

公朝于王所。

非禮也。《書》曰：「六年五服一朝，又六年王乃時巡，諸侯各朝于方嶽。」公朝于王所，非禮可知也。不言諸侯者，言諸侯則是天子可得致也，故壬申之朝，諸侯亦没而不書焉。

六月，衛侯鄭自楚復歸于衛。

此言「自楚復歸于衛」者，衛侯鄭奔楚，由楚而得返于衛也。衛侯鄭與楚比周，故楚人返之于衛。

衛元咺許晚反。出奔晉。

晉侯使元咺奉公子瑕受盟于踐土，衛侯復歸，故元咺懼，奔晉以訴之。

陳侯款卒。

不地者，安之也。與四年許男新臣義同。

秋，杞伯姬來。公子遂如齊。冬，公會晉侯、齊侯、宋公、蔡侯、鄭伯、陳子、莒子、邾子、秦人于温。天王狩于河陽。

冬，會于温。其言「天王狩于河陽」者，不與晉文再致天子也。晉文再致天子，惡之大者。故孔子以襄王自狩爲文，所以黜强侯而尊天子也。河陽，晉地。

壬申，公朝于王所。

壬申，公朝于王所，深惡再致襄王以諸侯朝也。日繫于月，而此不月者，脱之。

晉人執衛侯，歸之于京師。

晉人執衛侯歸之于京師者，元咺故也。晉文既勝强楚，不能招携撫貳，以崇大德，助其臣而執其君，非所以宗諸侯也。故曰「晉人」以疾之。

衛元咺自晉復歸于衛。

晉文既執衛侯歸之于京師，乃返元咺于衛。

諸侯遂圍許。

諸侯再會，許皆不至。

曹伯襄復歸于曹。

三月晉侯入曹，執曹伯，畀宋人。此言「曹伯襄復歸于曹」者，晉文赦之也。晉文執之，曷爲晉文赦之？春秋亂世，强侯執辱小國之君，無復天子命，執之赦之，自我而已。案：二百四十年，唯成十六年曹伯負芻執而得歸，由天子命，故曰「曹伯歸自京師」以異其文，它皆否焉。

遂會諸侯圍許。

二十有九年春，介葛盧來。

東夷，微國。不言朝者，不能行朝禮也。

公至自圍許。

公出踰時。

夏六月，會王人、晉人、宋人、齊人、陳人、蔡人、秦人盟于翟泉。

内不出主名，外曰某人某人盟于翟泉，皆微者也。翟泉，周地。

秋，大雨于付反。雹。冬，介葛盧來。

一歲而再來，非禮之甚。

三十年春王正月。夏，狄侵齊。秋，衛殺其大夫元咺及公子瑕。衛侯鄭歸于衛。

此言「衛殺其大夫元咺及公子瑕。衛侯鄭歸于衛」者，衛侯道殺二子而歸也。案：二十八年晉文執衛侯歸之于京師，衛侯得返，懼二子之不納也，故道殺二子而歸。衛侯道殺二子而歸無惡文者，二子之禍皆晉文爲之也。

晉人、秦人圍鄭。

翟泉之盟，鄭不至故。

介人侵蕭。冬，天王使宰周公來聘。公子遂如京師，遂如晉。

皆非禮也。天子至尊，非諸侯可得伉，僖與襄王交聘，伉孰甚焉！故曰「天王使宰周公來聘，公子遂如京師，遂如晉」以惡之。

三十有一年春，取濟子禮反。西田。

復侵地也。濟西田，本魯地。

公子遂如晉。夏四月，四卜郊，不從，乃免牲。

郊者，祭天之名也。天子祭天地，無所不通。諸侯祭其境内山川。魯，諸侯也，以諸侯而用天子之祭，僭孰甚焉！故此年「夏四月，四卜郊，不從，乃免牲」，宣三年「正月，郊牛之口傷，改卜牛，牛死，乃不郊」，成七年「正月，鼷音奚。鼠食郊牛角，改卜牛。鼷鼠又食其角，乃免牛，不郊」，十年「五月，五卜郊，不從，乃不郊」之類，一則因其瀆亂不時，一則從其災異示變，以著其僭天子之惡也。全者曰牲，傷者曰牛。

猶三望。

猶者，可止之辭。三望之説，先儒不同。《公羊》言泰山河海，鄭氏謂「海岱淮」，杜預稱「分野之星及境内山川」。據鄭、杜，止以諸侯祭其封内云爾，況河海淮非魯封内，又諸侯無祭分野星辰之事，且魯既僭天子，蓋于四望之中祭其大者三爾，《公羊》得之。

秋七月。冬，杞伯姬來求婦。

伯姬，内女。來求婦者，爲其子來求婦也。爲其子來求婦，非禮也。

狄圍衛。十有二月，衛遷于帝丘。

衛畏狄自遷也。帝丘，衛地。

三十有二年春王正月。夏四月己丑，鄭伯捷卒。衛人侵狄。秋，衛人及狄盟。

不地者，就狄盟也。復出衛人者，嫌與内之微者同。

冬十有二月己卯，晉侯重耳卒。

三十有三年春王二月，秦人入滑。齊侯使國歸父來聘。

夏四月辛巳，晉人及姜戎敗秦師于殽。

此晉襄及姜戎敗秦師于殽也。其稱「人」者，秦人入滑雖曰不可，晉襄與姜戎要而敗之，此又甚焉。晉襄厄人于險，非仁也。却喪用兵，非孝也。故曰「晉人及姜戎敗秦師于殽」以疾之。

癸巳，葬晉文公。狄侵齊。公伐邾取訾子斯反。婁。秋，公子遂帥師伐邾。

夏，公伐邾取訾婁。秋，公子遂帥師伐邾，其惡可知。

晉人敗狄于箕。

箕，晉地。

冬十月，公如齊。十有二月，公至自齊。

案：十年、十五年公如齊不至，此至者，齊桓既死，遠朝强齊，危之也。

乙巳，公薨于小寢。

小寢，非正也。

隕霜不殺草，李梅實。

不時也。《五行傳》曰：「視之不明，是謂不哲；厥罰常燠，時則有草木妖。」

晉人、陳人、鄭人伐許。

春秋尊王發微卷第六

文公名興，僖公子，襄王二十六年即位。文，謚也。慈惠愛民曰文。

元年春王正月，公即位。

書即位者，文公繼僖非天子命也。

二月癸亥，日有食之。天王使叔服來會葬。

諸侯五月而葬。僖公薨至此三月，天王使叔服來會葬，非禮也。

夏四月丁巳，葬我君僖公。

五月而葬，書者，不請謚也。

天王使毛伯來錫公命。

古者三載考績，三考黜陟幽明。文公即位功未及施，而天王使毛伯來錫公命，濫賞也。毛伯，天子卿。毛，采地。伯，爵。

晉侯伐衛。叔孫得臣如京師。衛人伐晉。秋，公孫敖會晉侯于戚。冬十月丁未，楚世子商臣弑其君頵。憂倫反。

稱世子以「弑」，甚商臣之惡也。不言其父而言其君者，君之于世子，有父之親，有君之尊。言「世子」，所以明其親也。言「其君」，所以明其尊也。商臣之于尊親盡矣。

公孫敖如齊。

二年春王二月甲子，晉侯及秦師戰于彭衙，秦師敗績。

秦師伐晉以報殽之役，戰于彭衙，秦師敗績。殽之役在僖三十三年。彭衙，秦地。

丁丑，作僖公主。

丁丑，作僖公主，緩也。禮，平旦而葬，日中反而祭，謂之虞，其主用桑。期而小祥，其主用栗。僖公薨至此十五月，作僖公主，緩可知也。

三月乙巳，及晉處父盟。

此公及處父盟也。不言公者，不與處父敵公也。不與處父敵公，故不言公。處父不氏，未命也。

夏六月，公孫敖會宋公、陳侯、鄭伯、晉士縠禾木反。盟于垂隴。

垂隴，鄭地。

自十有二月不雨，至于秋七月。

不雨歷三時乃書者，惡文公怠于國政，不懼旱災之甚。

八月丁卯，大事于太廟，躋僖公。

大事者，大其事也。僖公，閔公庶兄。繼閔而立，其位當在閔下。文公既君，欲尊其父，故大其事，躋于閔公之上。躋，升也。夫鬼神有常祀，昭穆有常位，不可易也。文公二月丁丑作僖公主，八月丁卯大事于太廟躋僖公，瀆慢不恭也甚矣！

冬，晉人、宋人、陳人、鄭人伐秦。

報彭衙之戰。

公子遂如齊納幣。

喪制未終，使同姓大夫圖婚。

三年春王正月，叔孫得臣會晉人、宋人、陳人、衛人、鄭人伐沈。沈潰。夏五月，王子虎卒。

外大夫來赴，非禮也。

秦人伐晉。秋，楚人圍江。雨于付反。螽音終。于宋。

雨螽于宋，謂雨而爲螽也，猶雨毛、雨土之類爾。

冬，公如晉。十有二月己巳，公及晉侯盟。晉陽處父帥師伐楚以救江。

先言伐楚而後言以救江者，惡不能救江也。楚人圍江，陽處父帥師不急赴之，乃先伐楚，欲其引兵自救而江圍解，非救患之師也。故明年秋，楚人滅江。

四年春，公至自晉。

自是公朝强國皆至者，惡其輕去宗廟遠朝强國，或執或辱，危之也。

夏，逆婦姜于齊。

此公逆婦姜于齊也。不言公者，諱之也。不言逆女者，以其成禮于齊也。以其成禮于齊，故不言公以諱之。

狄侵齊。秋，楚人滅江。晉侯伐秦。衛侯使甯俞來聘。冬十有一月壬寅，夫人風氏薨。

成風也，僖公妾母。

五年春王正月，王使榮叔歸含户暗反，或作唅。且賵。方鳳反。

非禮也。成風僭夫人，襄王不能正，又使榮叔含之賵之，此非禮可知也。榮叔，周大夫。榮，采地。叔，字。不言天王者，脱之。下會葬同此。

三月辛亥，葬我小君成風。王使召伯來會葬。

成，謚也。先言葬而後言會者，不及事也。成風，諸侯妾母，襄王既使榮叔歸含且賵，又使召伯來會葬，甚矣。召伯，天子卿。召，采地。伯，爵。

夏，公孫敖如晉。秦人入鄀。音若。秋，楚人滅六。

鄀、六，微國。

冬十月甲申，許男業卒。

六年春，葬許僖公。夏，季孫行父如陳。秋，季孫行父如晉。八月乙亥，晉侯驩卒。冬十月，公子遂如晉，葬晉襄公。晉殺其大夫陽處父。晉狐射姑出奔狄。閏月，不告月，猶朝于廟。

春秋二百四十二年閏月多矣，獨此書不告月者，是常告也。文既不告閏月，猶朝于廟，非禮可知。

七年春，公伐邾。三月甲戌，取須句。其俱反。

惡再取也。案：僖二十二年公伐邾取須句，後其地復入于邾。

遂城郚。音吾。

遂城郚，重勞民也。郚，魯邑。

夏四月，宋公王臣卒。宋人殺其大夫。

稱人以殺，殺有罪也。不言名氏者，脱之也。

戊子，晉人及秦人戰于令力呈反。狐。

秦晉自殽之役結怨，用兵償報不已。二年書「晉侯及秦師戰于彭衙」，此稱「人」者，疾之甚也。故自是不復名其將帥，但曰某人某人而已。言「戰」不言「敗」者，勝負敵也。令狐，秦地。

晉先蔑奔秦。

先蔑書者，不可言晉人故也。不言出者，明自軍中而去。

狄侵我西鄙。秋八月，公會諸侯、晉大夫盟于扈。

扈之會不序者，略之也。公本期會于扈而不至焉，故略之也。

冬，徐伐莒。

徐不稱人，夷也。

公孫敖如莒涖盟。

八年春王正月。夏四月。秋八月戊申，天王崩。

襄王也。

冬十月壬午，公子遂會晉趙盾盟于衡雍。於用反。乙酉，公子遂會雒戎盟于暴。

再言公子遂者，非繼事也。此壬午公子遂與晉趙盾盟于衡雍，乙酉還至暴，又與雒戎盟爾。故曰「壬午公子遂會晉趙盾盟于衡雍。乙酉，公子遂會雒戎盟于暴」也。公子遂，莊公子。暴、衡雍，皆鄭地。

公孫敖如京師，不至而復。丙戌，奔莒。

公孫敖如京師，弔喪也。不至而復，中道而反也。丙戌，奔莒。文公不能誅敖，得以自恣也。案：宣八年公子遂如齊，至黄乃復。至黄乃復者，以疾而還也。公子遂以疾而還，義猶不可，況敖如京師弔喪中道而返乎？此敖之罪固不容誅矣。而又使之自恣得以奔莒，此文公之惡亦可見矣。不言所至者，舉京師爲重也。

螽。宋人殺其大夫司馬。宋司城來奔。

宋人殺其大夫司馬，宋司城來奔，譏六卿也。大國三卿，次國二卿。不書名氏者，脱之。《左氏》稱司馬握節以死，故書以官。司城蕩意諸效節于府人而出，公以其官逆之，亦書以官。《公羊》言皆以官舉者，宋三世無大夫。《穀梁》謂以官稱，無君之辭也。于義皆所未安。何者？莊二十六年「曹殺其大夫」，僖二十五年「宋殺其大夫」，文七年「宋人殺其大夫」，皆以官舉故也。此不書名氏，脱之，斷可知矣。

九年春，毛伯來求金。

襄王未葬，毛伯來求金，其惡可知也。

夫人姜氏如齊。二月，叔孫得臣如京師。辛丑，葬襄王。

襄王七月而葬書者，惡内也。案：六年「八月乙亥，晉侯驩卒」，「冬十月，公子遂如晉葬襄公」。前年「秋八月戊申天王崩」，此年「二月，叔孫得臣如京師。辛丑，葬襄王」，魯皆使卿會，是天子諸侯可得齊也，故書襄王之葬以惡内。

晉人殺其大夫先都。三月，夫人姜氏至自齊。

夫人行不「至」，此「至」者，孔子傷文姜之亂，出姜又不安魯，終以子弑而去。十八年夫人姜氏歸于齊是也。

晉人殺其大夫士穀禾木反。及箕鄭父。楚人伐鄭。

楚復彊也。楚自城濮之敗，不敢加兵于鄭。今伐鄭者，晉文既死，中國不振故也。城濮之敗在僖二十八年。

公子遂會晉人、宋人、衛人、許人救鄭。夏，狄侵齊。秋八月，曹伯襄卒。九月癸酉，地震。

震，動也。地而震，失地道也。

冬，楚子使椒來聘。

楚子執宋公伐宋，復貶稱人者二十年，至此稱爵者，以其慕義，使椒再來修聘，進之也。椒，楚大夫。未命，故不氏。秦術、吴札，皆此義也。執宋公伐宋在僖二十一年。

秦人來歸僖公、成風之襚。音遂，衣服曰襚。

秦人來歸僖公、成風之襚，正也。書者，以見周室陵遲，典禮錯亂，秦人之不若也。案：四年十有一月壬寅夫人風氏薨，五年春王正月王使榮叔歸含且賵，三月辛亥葬我小君成風，王使召伯來會葬，此年秦人來歸僖公成風之襚，不及事也。其言正者，妾母稱夫人非正也。妾母稱夫人自僖公始，天子不能正而秦人能之，故曰「秦人來歸僖公、成風之襚」。此固周室陵遲，典禮錯亂，秦人之不若也，悲夫！

葬曹共公。

十年春王三月辛卯，臧孫辰卒。夏，秦伐晉。

晉自令狐之戰不出師者三年，其厭戰之心亦可見也。而秦不顧人命，見利而動，又起此役，夷狄之道也。故曰「秦伐晉」以狄之。

楚殺其大夫宜申。自正月不雨至于秋七月。及蘇子盟于女音汝，又如字。栗。

內不出主名，微者。蘇子，天子卿。文公使微者盟天子卿，其惡可知。女栗，地闕。

冬，狄侵宋。楚子、蔡侯次于厥貉。某百反。

十有一年春，楚子伐麇。俱倫反。夏，叔彭生會晉郤缺于承匡。一作筐。

承匡，宋地。

秋，曹伯來朝。公子遂如宋。狄侵齊。冬十月甲午，叔孫得臣敗狄于鹹。

十有二年春王正月，郕伯來奔。

諸侯播越失地皆名，此不名者，非自失國也。案：莊八年師及齊師圍郕，郕降于齊師，自是入齊爲附庸。

此而來奔，齊所偪爾，故不名。

杞伯來朝。二月庚子，子叔姬卒。

叔姬，文公女也，故曰「子叔姬」。書者，不服也。

夏，楚人圍巢。秋，滕子來朝。秦伯使衛來聘。

衛不氏，與九年楚椒義同。

冬十有二月戊午，晉人、秦人戰于河曲。

二國之讎既易世矣，二國之戰固可以已也。而秦康、晉靈猶尋舊怨，殘民以逞，是彰父之不德也。故孔子自令狐之戰不復名其將帥。然令狐之戰猶書「及」焉，此不言「及」者，惡其迭起報怨，互覆師徒，一目之也。河曲，晉地。

季孫行父帥師城諸及鄆。

帥師而城，畏莒故也。鄆，莒、魯所爭者。

十有三年春王正月。夏五月壬午，陳侯朔卒。邾子蘧其居反。蒢丈居反。卒。自正月不雨至于秋七月。大音泰。室屋壞。

大室，伯禽之廟也。周公曰太廟，伯禽曰太室，群公曰宮。文公爲宗廟社稷主，而俾大室屋壞，其不恭也若此。

冬，公如晉。衛侯會公于沓。狄侵衛。十有二月己丑，公及晉侯盟。公還自晉。鄭伯會公于棐。

公本朝晉，既朝且盟，又貪二國之會，皆天子之事也，故詳録其地以惡之。沓，地闕。棐，鄭地。

十有四年春王正月，公至自晉。邾人伐我南鄙。叔彭生帥師伐邾。夏五月乙亥，齊侯潘卒。

齊昭公。

六月，公會宋公、陳侯、衛侯、鄭伯、許男、曹伯、晉趙盾。癸酉，同盟于新城。

新城，宋地。

秋七月，有星孛音佩。入于北斗。

孛，彗之屬。偏指曰彗，光芒四出曰孛。入于北斗者，入于魁中也。

公至自會。晉人納捷菑側其反。于邾，弗克納。

邾文公二子，大子玃俱縛反。且子余反。立，捷菑奔晉，故晉人納捷菑于邾。或曰趙盾也，或曰郤缺也。邾人亂焉，晉人以庶奪嫡，亂人之國，此王法所誅也。故曰「晉人納捷菑于邾，弗克納」以疾之。

九月甲申，公孫敖卒于齊。

奔大夫不卒，此卒者，爲明年齊人歸其喪起。敖奔莒在八年。

齊公子商人弑其君舍。

舍，未踰年稱君者。孔子疾亂臣賊子之甚，嫌未踰年與成君異也，故誅一公子商人爲萬世戒。

宋子哀來奔。

子哀，宋公族。子，姓。哀，名也。昭公無道，子哀不食其禄，懼亂來奔，故曰「宋子哀」。此亦公弟叔肸之比也。叔肸事見宣公十七年。

冬，單音善。伯如齊。齊人執單伯。齊人執子叔姬。

單伯，魯大夫。子叔姬，昭公夫人，舍母也。舍既遇弒，魯使單伯視子叔姬，故商人執子叔姬。單伯至此猶見者，蓋其子孫世爾。

十有五年春，季孫行父如晉。三月，宋司馬華户駕反。孫來盟。

宋自僖會諸侯于薄，釋宋公之後，未嘗與魯通問。一旦華孫來請結盟于我，以尋舊好，故曰「宋司馬華孫來盟」也。不言「使」者，與齊高子義同。僖會諸侯于薄，釋宋公，在僖二十一年。

夏，曹伯來朝。齊人歸公孫敖之喪。

案：八年天王崩，公孫敖如京師弔，廢命奔莒，罪當誅絶。雖死，義不得反。齊人歸之，魯人受之，皆非禮也。

六月辛丑朔，日有食之。鼓，用牲于社。單伯至自齊。

内大夫執則至，至則名。昭十三年「晉人執季孫意如以歸」，十四年「意如至自晉」是也。此不名者，天子命大夫也。

晉郤缺帥師伐蔡。戊申入蔡。

蔡人不與新城之盟，晉郤缺帥師伐蔡，遂入其國，其惡可知也。新城之盟在前年。

秋，齊人侵我西鄙。季孫行父如晉。

行父，公子友孫。

冬十有一月，諸侯盟于扈。

公寬奢怠于國事，諸侯皆會而公獨不與，故諱之，略而不序也。

十有二月，齊人來歸子叔姬。

齊人來歸子叔姬也。商人既弑其子又絶其母，甚矣！

齊侯侵我西鄙，遂伐曹，入其郛。

十有六年春，季孫行父會齊侯于陽穀，齊侯弗及盟。夏五月，公四不視朔。

天子班朔，諸侯藏于祖廟，每月朝廟，北面受而行之。文公不肖，怠棄國政，天子班朔而四不視之，此文公之不臣也甚矣。故自是視朔之禮遂廢，子貢欲去告朔之餼羊是也。

六月戊辰，公子遂及齊侯盟于郪音西。丘。

復陽穀之盟也。郪丘，齊地。

秋八月辛未，夫人姜氏薨。

僖公夫人，文公母。

毁泉臺。

毁泉臺，惡勞民也。築之勞，毁之勞，既築之又毁之，可謂勞矣。

楚人、秦人、巴人滅庸。冬十有一月，宋人弑其君杵臼。

稱人，微者也。名氏不登于史策，故微者弑君，稱人以誅之也。

十有七年春，晉人、衛人、陳人、鄭人伐宋。夏四月癸亥，葬我小君聲姜。

聲，謚也。九月而葬。

齊侯伐我西鄙。六月癸未，公及齊侯盟于穀。諸侯會于扈。

諸侯不序，義與十五年同。

秋，公至自穀。冬，公子遂如齊。

十有八年春王二月丁丑，公薨于臺下。

臺下，非正也。

秦伯罃音罌。卒。

秦康公。

夏五月戊戌，齊人弑其君商人。六月癸酉，葬我君文公。秋，公子遂、叔孫得臣如齊。冬十月，子卒。

子，子赤也。不日，弑也。弑則曷爲不日？不忍言也。案：成君弑不地。子赤未踰年，故不日以别之。

不名，文公既葬也。文公葬，公子倭弑子赤自立，是爲宣公。

夫人姜氏歸于齊。

夫人，子赤母。子赤見弑，故大歸于齊。

季孫行父如齊。莒弑其君庶其。

稱國以弑，衆也。謂肆禍者非一，故衆弑君則稱國以誅之，言舉國之人可誅也。

春秋尊王發微卷第七

宣公名倭烏戈反，一名接，又作委。文公子，子赤庶兄，匡王五年即位。宣，謚也。善問周達曰宣。

元年春王正月，公即位。公子遂如齊逆女。三月，遂以夫人婦姜至自齊。

遂不稱公子，前見也。諸侯親迎，禮之大者。此言「公子遂如齊逆女」，「遂以夫人婦姜至自齊」，皆非禮也。稱婦，有姑之辭。不言氏者，以喪取，貶之也。夫人貶則公之惡從可見矣。文公薨十四月。

夏，季孫行父如齊。晉放其大夫胥甲父于衛。

放，逐也。晉放其大夫胥甲父于衛，非禮也。

公會齊侯于平州。

宣公弒子赤而立，懼齊見討，故會齊侯于平州。平州，齊地。

公子遂如齊。六月，齊人取濟西田。

平州之會方退，齊人取濟西田，其惡可知也。

秋，邾子來朝。楚子、鄭人侵陳，遂侵宋。

楚子、鄭人侵陳，遂侵宋，鄭叛晉也。

晉趙盾帥師救陳。宋公、陳侯、衛侯、曹伯會晉師于棐林，伐鄭。

此晉趙盾帥師救陳，會宋公、陳侯、衛侯、曹伯于棐林，伐鄭也。經言「宋公、陳侯、衛侯、曹伯會晉師于棐林伐鄭」者，不與趙盾致四國之君也。

冬，晉趙穿帥師侵崇。

崇，秦與國。

晉人、宋人伐鄭。

鄭未服也。

二年春王二月壬子，宋華户駕反。元帥師及鄭公子歸生帥師戰于大棘，宋師敗績，獲宋華元。

宋華元帥師及鄭公子歸生帥師戰于大棘，其衆敵也。宋師敗績獲宋華元，惡鄭公子歸生與楚比周，戕艾中國。既敗宋師，又獲其帥，可謂甚矣。大棘，宋地。

秦師伐晉。夏，晉人、宋人、衛人、陳人侵鄭。

報大棘之戰。

秋九月乙丑，晉趙盾弑其君夷皐。冬十月乙亥，天王崩。

三年春王正月，郊牛之口傷，改卜牛。牛死，乃不郊，猶三望。葬匡王。

天子七月而葬。匡王崩至此四月，非禮可知也。

楚子伐陸渾之戎。夏，楚人侵鄭。

鄭即晉故也。

秋，赤狄侵齊。宋師圍曹。冬十月丙戌，鄭伯蘭卒。葬鄭穆公。

四年春王正月，公及齊侯平莒及郯，莒人不肯。公伐莒，取向。舒亮反。

公及齊侯平莒及郯，可也。莒人不肯，惡在莒也。公伐莒取向，此則甚矣。郯、莒，皆小國。

秦伯稻卒。夏六月乙酉，鄭公子歸生弑其君夷。赤狄侵齊。秋，公如齊。公至自齊。冬，楚子伐鄭。

五年春，公如齊。夏，公至自齊。秋九月，齊高固來逆子叔姬。

不言來逆女者，惡其成婚于魯也。成婚于魯，非禮也。莊二十八年「莒慶來逆叔姬」義同。

叔孫得臣卒。冬，齊高固及子叔姬來。

大夫非君命不越境。齊高固秋來逆子叔姬，而冬與子叔姬來，豈君命也哉？故曰「齊高固及子叔姬來」，以惡之。

楚人伐鄭。

六年春，晉趙盾、衛孫免侵陳。

陳即楚故。晉趙盾、衛孫免侵陳，陳人請成。

夏四月。秋八月，螽。冬十月。

七年春，衛侯使孫良夫來盟。夏，公會齊侯伐萊。秋，公至自伐萊。大旱。冬，公會晉侯、宋公、衛侯、鄭伯、曹伯于黑壤。

黑壤，晉地。

八年春，公至自會。夏六月，公子遂如齊，至黄乃復。

君命無所壅。公子遂聘于齊，至黄乃復，廢君命也。大夫以君命出，雖死，以尸將命。遂以疾還，其罪可知也。

辛巳，有事于太廟。仲遂卒于垂。

仲遂，公子遂也。不言公子者，前見也。仲遂卒與祭同日，故曰：「辛巳，有事于太廟。仲遂卒于垂。」字者，天子命大夫。僖十六年「公子季友卒」，亦此義也。

壬午，猶繹。萬入去籥。

壬午猶繹，非禮也。萬入去籥，知其不可繹而繹也。仲遂雖卒，猶當追正其罪。宣公不能正仲遂之罪，則當爲之廢繹。何者？君臣之恩未絶也。故曰「壬午，猶繹。萬入去籥」以惡之。

戊子，夫人嬴氏薨。

宣公母。

晉師、白狄伐秦。楚人滅舒蓼。秋七月甲子，日有食之，既。冬十月己丑，葬我小君敬嬴，雨，不克葬。庚寅，日中而克葬。

敬，謚。嬴，姓。雨，不克葬，譏無備也。凡喪，浴于中霤，飯于牖下，小斂于户内，大斂于阼階，殯于客位，祖于庭，葬于墓，所以即遠也。葬既有日，不爲雨止。且經言「己丑，葬我小君敬嬴。雨，不克葬」，是己丑之日喪，既行而遇雨也。且雨之遲久不可得而知，設若浹日彌月，其可停柩路次不行乎？案：禮，平旦而葬，日中而虞。此言庚寅日中而克葬，葬之無備可知也。

城平陽。楚師伐陳。

楚伐陳，取成而還。

九年春王正月，公如齊。

公有母喪而遠朝强齊，公之無哀也甚矣！

公至自齊。夏，仲孫蔑如京師。

仲孫蔑，公孫敖之孫。

齊侯伐萊。秋，取根牟。

根牟，微國。内滅國曰取。此年取根牟，成六年取鄟，音專，又市戀反。襄十三年取邿，音詩。是也。

八月滕子卒。九月晉侯、宋公、衛侯、鄭伯、曹伯會于扈。

晉荀林父帥師伐陳。辛酉，晉侯黑臀卒于扈。

會于扈，陳侯不至。晉荀林父以諸侯之師伐陳，晉侯卒，乃還。

冬十月癸酉，衛侯鄭卒。宋人圍滕。楚子伐鄭。晉郤缺帥師救鄭。

郤缺不克救鄭，鄭與楚平。

陳殺其大夫洩冶。

稱國以殺，不以其罪也。

十年春，公如齊。公至自齊。齊人歸我濟西田。

公連年朝齊，故齊人歸我濟西田。言「我」，明本魯地也。齊人取濟西田在元年。

夏四月丙辰，日有食之。己巳，齊侯元卒。齊崔氏出奔衛。

崔氏，齊大夫。言氏者，起其世也。東遷之後，天子諸侯大夫皆世。隱三年書尹氏，譏天子大夫。故此書「崔氏」，譏諸侯大夫也。

公如齊。五月，公至自齊。癸巳，陳夏徵舒弑其君平國。六月，宋師伐滕。公孫歸父如齊葬齊惠公。

公孫歸父，公子遂子。

晉人、宋人、衛人、曹人伐鄭。

諸侯之師伐鄭，取成而還。

秋，天王使王季子來聘。

季，字。子，爵。天子之大夫稱字。

公孫歸父帥師伐邾，取繹。

繹，邾地。

大水。季孫行父如齊。冬，公孫歸父如齊。齊侯使國佐來聘。饑。

五穀不成曰饑。

楚子伐鄭。

十有一年春王正月。夏，楚子、陳侯、鄭伯盟于辰陵。

陳、鄭即楚故也。辰陵，陳地。

公孫歸父會齊人伐莒。秋，晉侯會狄于欑才官反。函。音咸。

欑函，狄地。

冬十月，楚人殺陳夏徵舒。

此楚子殺陳夏徵舒也。其言「楚人」者，與楚討也。陳夏徵舒弒其君，天子不能誅，諸侯不能討，而楚人能之，故孔子與楚討也。孔子與楚討者，傷中國無人，喪亂陵遲之甚也。

丁亥，楚子入陳，納公孫寧、儀行父于陳。

上言「楚人殺陳夏徵舒」，下言「楚子入陳納公孫寧、儀行父于陳」者，惡楚子行義不終也。楚子討陳弒君之賊，正也，因而入陳以納淫亂之人，此則甚矣。

十有二年春，葬陳靈公。楚子圍鄭。夏六月乙卯，晉荀林父帥師及楚子戰于邲，扶必反，一音弼。晉師敗績。

鄭復從晉，故楚子圍之。六月，晉荀林父帥師救鄭。乙卯，戰于邲，晉師敗績。鄭遂與楚平。邲，鄭地。

秋七月。冬十有二月戊寅，楚子滅蕭。晉人、宋人、衛人、曹人同盟于清丘。

清丘，衛地。

宋師伐陳，衛人救陳。

十有三年春，齊師伐莒。夏，楚子伐宋。

楚子伐宋，以其伐陳也。

秋，螽。冬，晉殺其大夫先縠。

十有四年春，衛殺其大夫孔達。夏五月壬申，曹伯壽卒。晉侯伐鄭。

鄭與楚故。

秋九月，楚子圍宋。

楚之困宋也，數矣。案：僖二十一年宋公、楚子、陳侯、鄭伯、許男、曹伯會于盂，執宋公以伐宋，公會諸侯盟于薄，釋宋公。二十二年宋公及楚人戰于泓，宋師敗績。二十七年楚人、陳侯、蔡侯、鄭伯、許男圍宋，公會諸侯盟于宋。今又圍之。楚之困宋也，可謂數矣。

葬曹文公。冬，公孫歸父會齊侯于穀。

十有五年春，公孫歸父會楚子于宋。夏五月，宋人及楚人平。

此公孫歸父平宋楚也。楚子圍宋九月，天下諸侯莫有救者。魯素比于楚而親于宋，故使公孫歸父會而平之。經先言「公孫歸父會楚子于宋」，後言「宋人及楚人平」，此公孫平宋楚可知也。稱人，衆辭。

六月癸卯，晉師滅赤狄潞氏，以潞子嬰兒歸。

《詩》云：「薄伐玁狁，至于太原。」夷狄亂華，❶諸侯驅之逐之可也。晉師滅赤狄潞氏，以潞子嬰兒歸，此則

---

❶「夷狄亂華」，四庫本作「侵軼疆圉」。

甚矣。

秦人伐晉。王札子殺召伯、毛伯。

生殺之柄，天子所持也。是故《春秋》非天子不得專殺。王札子，人臣也。王札子人臣，殺召伯、毛伯于朝，定王不能禁，專孰甚焉。故曰「王札子殺召伯、毛伯」以誅其惡。王札子，王子札也。曰「王札子」，文誤倒爾。召伯、毛伯，天子卿。

秋，螽。仲孫蔑會齊高固于無婁。

無婁，杞邑。

初稅畝。

古者什一而稅于民，初稅畝，非正也。此宣公奢泰，國用不足，又取私田以斂其一，始什二而稅也。故哀公問於有若曰：「年饑，國用不足，如之何？」有若對曰：「盍徹乎？」曰：「二，吾猶不足，如之何其徹也？」哀公言「二，吾猶不足」，則魯自宣公以來，什二而稅也可知矣。

冬，蝝悅全反，又音尹絹反。生。

秋中之螽未息，冬又生子，重爲災。

饑。

十有六年春王正月，晉人滅赤狄甲氏及留吁。

潞氏餘種。

夏，成周宣榭火。

成周，東周也。宣榭，宣王之榭也。其曰「成周宣榭火」者，孔子傷之也。宣王振衰撥亂，中興之主，平、惠以降皆庸暗齷齪，無有能以王道興起之者，故因其災也傷之。傷聖王之烈既不可得而見，聖王之迹又從而災之也。

秋，郯伯姬來歸。

棄而來歸也。

冬，大有年。

宣公立十八年，唯此言大有年者，民大足食也。書者，以見宣公不道，重斂于民，常不足也。

十有七年春王正月庚子，許男錫我卒。丁未，蔡侯申卒。夏，葬許昭公。葬蔡文公。六月癸卯，日有食之。己未，公會晉侯、衛侯、曹伯、邾子同盟于斷直管反，一音短。道。秋，公至自會。冬十有一月壬午，公弟叔肸許乙反。卒。

不曰公子公孫而曰「公弟叔肸」者，無禄而卒也。凡稱公子公孫，皆大夫也。肸，文公子，宣公母弟。宣公殺子赤立，肸惡之，終身不食其禄，非大夫也。故曰「公弟叔肸卒」，所以重宣公之惡也。

十有八年春，晉侯、衛世子臧伐齊。公伐杞。夏四月。秋七月，邾人戕鄫才陵反。子于鄫。

戕，殺也。案：僖十九年：「夏六月，宋公、曹人、邾人盟于曹南，鄫子會盟于邾。己酉，邾人執鄫子用之。」邾人執鄫子用之，天子不能誅，故此肆然復戕鄫子于鄫也。地以鄫者，責鄫臣子不能拒難。

甲戌，楚子旅卒。

不書葬者，貶之也。吴楚僭極惡重，王法所誅，故皆不書葬以貶之。

公孫歸父如晉。冬十月壬戌，公薨于路寢。歸父還自晉，至笙，遂奔齊。

此言「歸父還自晉至笙遂奔齊」者，惡不復命也。歸父得幸于宣公，秋聘于晉，冬還至笙，聞宣公薨，以是奔齊。人臣之義，受命而出，雖君薨猶當復命。歸父還至笙，不復命于魯，以是奔齊，非禮也。故曰「遂」以惡之。歸父，公子遂子。不言公孫者，前見也。

春秋尊王發微卷第八

成公名黑肱，宣公子，定王十七年即位。成，謚也。安民立政曰成。

元年春王正月，公即位。二月辛酉，葬我君宣公。無冰。

周之二月，夏之十二月。無冰，冬温也。《書》曰「僭，常暘若」，無冰，常暘之應也。

三月，作丘甲。

作丘甲，丘無甲也。丘無甲，其曰「作丘甲」者，成公即位不能修德以靖其國，俾丘人爲甲也。謂丘出甲士一人。古者九夫爲井，四井爲邑，四邑爲丘。出戎馬一匹，牛三頭。何甲士之有？故曰「三月作丘甲」，以惡之也。

夏，臧孫許及晉侯盟于赤棘。

臧孫許，臧孫辰子。赤棘，晉地。

秋，王師敗績于茅戎。

此王師及茅戎戰，王師敗績也。經言「王師敗績于茅戎」者，王者至尊，天下莫得而敵，非茅戎可得敗也。定王庸暗，無宣王之烈，王師爲茅戎所敗，惡之大者，故孔子以王師自敗爲文，所以存周也。

冬十月。

二年春，齊侯伐我北鄙。夏四月丙戌，衛孫良夫帥師及齊師戰于新築，衛師敗績。六月癸酉，季孫行父、臧孫許、叔孫僑如、公孫嬰齊帥師會晉郤克、衛孫良夫、曹公子首及齊侯戰于鞌，齊師敗績。秋七月，齊侯使國佐如師。己酉，及國佐盟于袁婁。

齊侯春伐我北鄙，夏敗衛師于新築，魯、衛使告于晉。六月，季孫行父、臧孫許、叔孫僑如、公孫嬰齊會晉郤克、衛孫良夫、曹公子首伐齊。癸酉，及齊侯戰于鞌，齊師敗績。晉師逐，齊侯使國佐如師請平，郤克許之。七月己酉，盟于袁婁。齊頃數病諸侯以起此戰，信不道矣。然魯出四卿會晉、衛、曹，敗齊侯于鞌，盟國佐于袁婁，此又甚焉。故列數之以著其惡。公孫嬰齊，叔肸子。新築，衛地。鞌、袁婁，齊地。

八月壬午，宋公鮑卒。庚寅，衛侯速卒。取汶陽田。

汶陽之田，魯地也。齊人侵之，今魯從晉，故復取之。不言取之齊者，明本非齊地。

冬，楚師、鄭師侵衛。十有一月，公會楚公子嬰齊于蜀。丙申，公及楚人、秦人、宋人、陳人、衛人、鄭人、齊人、曹人、邾人、薛人、鄫人盟于蜀。

冬，楚師、鄭師侵衛。公懼二師之及境也，乃會楚公子嬰齊與諸侯之大夫盟于蜀。先言「公會楚公子嬰齊于蜀」，以見楚公子嬰齊伉也。後言「丙申公及楚人、秦人、宋人、陳人、衛人、鄭人、齊人、曹人、邾人、薛人、鄫人盟于蜀」，以見公叛晉即楚之惡也。蜀，魯地。

三年春王正月，公會晉侯、宋公、衛侯、曹伯伐鄭。

宋文、衛穆未葬，成公會晉伐鄭，其惡可知也。

辛亥，葬衛穆公。二月，公至自伐鄭。甲子，新宫災，三日哭。

新宫者，宣公也。案：哀三年桓宫、僖宫災稱謚，此不稱謚者，親廟也。親廟災其曰新宫者，成公主祀弗敢斥也，故曰「新宫災三日哭」。三日哭，哀則哀矣，何所補也？

乙亥，葬宋文公。夏，公如晉。鄭公子去疾帥師伐許。公至自晉。秋，叔孫僑如帥師圍棘。

棘，附庸。

大雩。晉郤克、衛孫良夫伐廧在良反。咎古刀反。如。冬十有一月，晉侯使荀庚來聘。衛侯使孫良夫來聘。丙午，及荀庚盟。丁未，及孫良夫盟。

此公及荀庚、孫良夫盟也，不言公者，二子伉也。二子來聘，不能以信相親，反要公以盟，非伉而何？故言聘以惡之。荀庚先孫良夫盟，先至也。

鄭伐許。

其曰「鄭伐許」者，狄之也。狄之者，鄭襄背華即夷，與楚比周，一歲而再伐許，故狄之也。

四年春，宋公使華元來聘。三月壬申，鄭伯堅卒。杞伯來朝。夏四月甲寅，臧孫許卒。公如晉。葬鄭襄公。秋，公至自晉。冬，城鄆。鄭伯伐許。

五年春王正月，杞叔姬來歸。

來歸者，棄而來歸也。

仲孫蔑如宋。夏，叔孫僑如會晉荀首于穀。梁山崩。

「梁山崩」，其辭略者，比沙鹿之異小也。《春秋》災異小者略，大者詳。僖十四年「秋八月辛卯，沙鹿崩」是也。

秋，大水。冬十有一月己酉，天王崩。

定王也。

十有二月己丑，公會晉侯、齊侯、宋公、衛侯、鄭伯、曹伯、邾子、杞伯同盟于蟲牢。

蟲牢之盟，鄭服也。天王崩，晉合諸侯同盟于蟲牢，不顧甚矣。蟲牢，鄭地。

六年春王正月，公至自會。二月辛巳，立武宫。

武宫者，武公之宫也。其毁已久，宗廟有常，故不言立。此言「二月辛巳，立武宫」，非禮可知也。

取鄟。音專，又市𢀶反。

宣九年取根牟，此年取鄟，襄十三年取邿，皆微國也。

衛孫良夫帥師侵宋。夏六月，邾子來朝。公孫嬰齊如晉。壬申，鄭伯費音秘。卒。秋，仲孫蔑、叔孫僑如帥師侵宋。楚公子嬰齊帥師伐鄭。

鄭從晉故也，前年受盟蟲牢。

冬，季孫行父如晉。晉欒書帥師救鄭。

七年春王正月，鼷鼠食郊牛角。改卜牛，鼷鼠又食其角，乃免牛。吴伐郯。

吴本子爵，始見于經。曰「吴」者，惡其僭號，狄之也。

夏五月，曹伯來朝。不郊，猶三望。秋，楚公子嬰齊帥師伐鄭。公會晉侯、齊侯、宋公、衛侯、曹伯、莒子、邾子、杞伯救鄭。八月戊辰，同盟于馬陵。

諸侯救鄭，八月戊辰同盟于馬陵，病楚故也。馬陵，衛地。

公至自會。吴入州來。

吴乘楚伐鄭，故入州來。州來，微國。

冬，大雩。衛孫林父出奔晉。

八年春，晉侯使韓穿來言汶陽之田，歸之于齊。

汶陽之田，齊所侵魯地也，故二年用師于齊取之。晉侯使韓穿來言歸之于齊，非正也。魯之土地天子所封，非晉侯所得制也。晉侯使歸之于齊，是魯國之命制在晉也，故曰「晉侯使韓穿來言汶陽之田歸之于齊」以惡之。

晉欒書帥師侵蔡。公孫嬰齊如莒。宋公使華元來聘。夏，宋公使公孫壽來納幣。

宋公使公孫壽來納幣，非禮也。

晉殺其大夫趙同、趙括。秋七月，天子使召伯來賜公命。

成雖即位八年，非有勤王之績，天子使召伯來賜公命，濫賞也。天子、天王，王者之通稱。

冬十月癸卯，杞叔姬卒。

杞叔姬五年來歸，此而卒者，爲明年杞伯來逆叔姬之喪起。

晉侯使士燮來聘。叔孫僑如會晉士燮、齊人、邾人伐郯。衛人來媵。以正反，又音繩正反。

媵伯姬也。媵書者，古諸侯嫁女，二國媵之。二國禮也，三國非禮也。此年衛人來媵，九年晉人來媵，十年齊人來媵是也。唯王后三國媵。

九年春王正月，杞伯來逆叔姬之喪以歸。

叔姬見棄而死，義與杞絶。此言「杞伯來逆叔姬之喪以歸」者，交譏之也。

公會晉侯、齊侯、宋公、衛侯、鄭伯、曹伯、莒子、杞伯同盟于蒲。公至自會。二月，伯姬歸于宋。

不言逆者，微也。

夏，季孫行父如宋致女。

致女常事也。故隱二年「伯姬歸于紀」，僖十五年「季姬歸于鄫」，皆不書致。此言「季孫行父如宋致女」者，内女嫁爲鄰國夫人，當有常使，禮也。使卿，非禮也。

晉人來媵。秋七月丙子，齊侯無野卒。晉人執鄭伯。晉欒書帥師伐鄭。

鄭叛晉故也。

冬十有一月，葬齊頃音傾。公。楚公子嬰齊帥師伐莒。庚申，莒潰。楚人入鄆。秦人、白狄伐晉。鄭人圍許。城中城。

十年春，衛侯之弟黑背帥師侵鄭。夏四月，五卜郊，不從，乃不郊。五月，公會晉侯、齊侯、宋公、衛侯、曹伯伐鄭。

五月，諸侯伐鄭。鄭請成。

齊人來媵。丙午，晉侯獳奴侯反。卒。秋七月，公如晉。

公如晉，奔喪也。

冬十月。

十有一年春王三月，公至自晉。

公留于晉九月。

晉侯使郤犨尺由反。來聘。己丑，及郤犨盟。夏，季孫行父如晉。秋，叔孫僑如如齊。冬十月。

十有二年春，周公出奔晉。

周無出也，天下皆周也。此言周公出奔晉者，惡周公自絶于周也。

夏，公會晉侯、衛侯于瑣澤。秋，晉人敗狄于交剛。

瑣澤、交剛，地闕。

冬，十月。

十有三年春，晉侯使郤錡魚綺反。來乞師。三月，公如京師。夏五月，公自京師，遂會晉侯、齊侯、宋公、衛侯、鄭伯、曹伯、邾人、滕人伐秦。

晉侯將伐秦，春，使郤錡來乞師。三月公如京師者，因會諸侯伐秦過京師而朝也。因會諸侯伐秦過京師而朝，禮與？公朝京師，禮也。因會諸侯伐秦過京師而朝，非禮也。案：《周官》：「六年，五服一朝。又六年，王乃時巡。諸侯各朝于方岳，大明黜陟。」未有因會諸侯伐國過京師朝之之事，故曰「春，晉侯使郤錡來乞師。三月，公如京師。夏五月，公自京師，遂會晉侯、齊侯、宋公、衛侯、鄭伯、曹伯、邾人、滕人伐秦」以惡之也。

曹伯盧卒于師。秋七月，公至自伐秦。

不以京師至者，明本非朝京師。

冬，葬曹宣公。

十有四年春王正月，莒子朱卒。夏，衛孫林父自晉歸于衛。

林父七年奔晉，其言自晉歸于衛者，由晉侯而得歸也。衛大夫由晉侯而得歸，則衛國之事可知也。

秋，叔孫僑如如齊逆女。鄭公子喜帥師伐許。九月，僑如以夫人婦姜氏至自齊。

叔孫僑如如齊逆女，僑如以夫人婦姜氏至自齊，❶皆非禮也，惡不親迎也。

冬十月庚寅，衛侯臧卒。秦伯卒。

十有五年春王二月，葬衛定公。三月乙巳，仲嬰齊卒。

仲嬰齊，公孫歸父子、公子仲遂孫也。孫以王父字爲氏，公之子曰公子，公子之子曰公孫，公孫之子以王父字爲氏也。

---

❶「如」，原脱，據四庫本補。

癸丑，公會晉侯、衛侯、鄭伯、曹伯、宋世子成、齊國佐、邾人同盟于戚。晉侯執曹伯歸于京師。

晉侯執曹伯稱爵者，執得其罪也。曹伯不道，晉侯會諸侯于齊，討而執之，又歸于京師。書者，非天子命也。

公至自會。夏六月，宋公固卒。楚子伐鄭。秋八月庚辰，葬宋共音恭。公。宋華元出奔晉。宋華元自晉歸于宋。宋殺其大夫山。

宋殺其大夫山，楚殺其大夫得臣，皆未命大夫也，故不氏。

宋魚石出奔楚。冬十有一月，叔孫僑如會晉士燮、齊高無咎、宋華元、衛孫林父、鄭公子鰌、邾人會吴于鍾離。

此言叔孫僑如會某人某人會吴于鍾離者，諸侯大夫不敢致吴子也。吴子在鍾離，故相與會吴于鍾離爾。

許遷于葉。式涉反。

十有六年春王正月，雨，木冰。

雨，木冰者，雨著木而冰也。

夏四月辛未，滕子卒。鄭公子喜帥師侵宋。

鄭叛晉，故侵宋。

六月丙寅朔，日有食之。晉侯使欒黶於斬反，又音於玷反。來乞師。甲午，晦，晉侯及楚子鄭伯戰于鄢於晚反，又音於建反。陵。楚子、鄭師敗績。

鄭公子喜叛晉侵宋，故晉侯使欒黶來乞師。六月，晉侯伐鄭，鄭人使告于楚，楚子救鄭。甲午，晦，晉侯及楚子、鄭伯戰于鄢陵。楚子傷焉，楚子、鄭師敗績。楚不言師，舉重也。戰不言公者，公不出師也。案：十三年春晉侯使郤錡來乞師，三月公如京師，夏五月，公自京師遂會晉侯、齊侯、宋公、衛侯、鄭伯、曹伯、邾人、滕人伐秦。十七年秋晉侯使荀罃來乞師，冬公會單子、晉侯、宋公、衛侯、曹伯、齊人、邾人伐鄭。此不言公，不出師可知也。鄢陵，鄭地。

楚殺其大夫公子側。秋，公會晉侯、齊侯、衛侯、宋華元、邾人于沙隨。不見公。

不見公者，晉侯不見公也。鄢陵之戰公不出師，故晉侯不見公。沙隨，宋地。

公至自會。公會尹子、晉侯、齊國佐、邾人伐鄭。

尹子，天子卿。子，爵。

曹伯歸自京師。

前年晉侯會諸侯于戚，執曹伯歸于京師。此言「曹伯歸自京師」者，天子赦之之辭也。春秋亂世，强侯不道，執辱小國之君皆非天子命，執之赦之自我而已。僖二十八年「晉侯入曹，執曹伯，畀宋人，晉人執衛侯歸之于京師」，「冬曹伯襄復歸于曹」，三十年「衛侯鄭歸于衛」是也。惟負芻得反于曹由天子命，故曰「曹伯歸自京師」，異其文以别之。

九月，晉人執季孫行父，舍之于苕音條。丘。

沙隨之會晉侯既不見公，今又執季孫行父舍之于苕丘。魯一不出師而晉再辱于魯，其惡可知也。苕丘，晉地。

冬十月乙亥，叔孫僑如出奔齊。十有二月乙丑，季孫行父及晉郤犨盟于扈。公至自會。

行父不至者，舉公至爲重也。

乙酉，刺公子偃。

十有七年春，衛北宮括帥師侵鄭。夏，公會尹子、單子、晉侯、齊侯、宋公、衛侯、曹伯、邾人伐鄭。六月乙酉，同盟于柯陵。秋，公至自會。齊高無咎出奔莒。九月辛丑，用郊。

九月辛丑用郊，瀆亂尤甚。

晉侯使荀罃來乞師。冬，公會單子、晉侯、宋公、衛侯、曹伯、齊人、邾人伐鄭。

鄭與楚比周，晉侯再假王命，三合諸侯，伐之不能服鄭，中國不振可知也。

十有一月，公至自伐鄭。壬申，公孫嬰齊卒于貍脤。市軫反。

貍脤，魯地。

十有二月丁巳，朔，日有食之。邾子貜俱縛反，又音居壁反。且子余反。卒。晉殺其大夫郤錡、郤犨、尺由反。郤至。

君之卿佐，是謂股肱，厲公不道，一日而殺三卿，此自禍之道也。誰與處矣？故列數之以著其惡。明年晉弒州蒲。

楚人滅舒庸。

十有八年春王正月，晉殺其大夫胥童。庚申，晉弑其君州蒲。齊殺其大夫國佐。公如晉。夏，楚子、鄭伯伐宋。宋魚石復入于彭城。

此楚子伐宋，取宋彭城，與魚石守之以逼宋也。其曰「宋魚石復入于彭城」者，不與楚子伐宋取宋彭城以與宋叛臣也。故以魚石自入犯君爲文。

公至自晉。晉侯使士匄來聘。秋，杞伯來朝。八月，邾子來朝。築鹿囿。己丑，公薨于路寢。冬，楚人、鄭人侵宋。晉侯使士魴來乞師。十有二月，仲孫蔑會晉侯、宋公、衛侯、邾子、齊崔杼同盟于虚起居反。朾。他丁反。

楚人、鄭人侵宋，晉侯使士魴來乞師，故仲孫蔑會晉侯、宋公、衛侯、邾子、齊崔杼同盟于虚朾，將救宋也。

虚朾，地闕。

丁未，葬我君成公。

春秋尊王發微卷第九

襄公名午，成公子，簡王十四年即位。襄，謚也。因事有功曰襄。

元年春王正月，公即位。仲孫蔑會晉欒黶、宋華元、衛甯殖、曹人、莒人、邾人、滕人、薛人圍宋彭城。

仲孫蔑會諸侯之大夫圍宋彭城，討魚石也。魚石成十五年奔楚，十八年復入于彭城，蓋楚子伐宋取彭城，使魚石守之以逼宋爾。夫彭城，宋邑也。魚石，宋叛臣也。楚子伐宋取宋邑，使宋叛臣守之以逼宋，其惡可知也。故雖入于楚，孔子還繫之于宋，所以抑彊夷而黜叛臣也。

夏，晉韓厥帥師伐鄭。仲孫蔑會齊崔杼、曹人、邾人、杞人次于鄫。

韓厥伐鄭，故諸大夫次于鄫以備楚。鄫，鄭地。

秋，楚公子壬夫帥師侵宋。

楚師侵宋，所以救鄭也。

九月辛酉，天王崩。邾子來朝。冬，衛侯使公孫剽匹妙反。來聘。晉侯使荀罃來聘。

天王崩，邾子來朝，衛侯使公孫剽來聘，晉侯使荀罃來聘，皆不臣也。

二年春王正月，葬簡王。

五月而葬。

鄭師伐宋。夏五月庚寅，夫人姜氏薨。

成公夫人。

六月庚辰，鄭伯睔卒。晉師、宋師、衛甯殖侵鄭。秋七月，仲孫蔑會晉荀罃、宋華元、衛孫林父、曹人、邾人于戚。

會于戚，謀鄭也。

己丑，葬我小君齊姜。

齊，謚也。三月而葬。

叔孫豹如宋。

叔孫豹，僑如弟。

冬，仲孫蔑會晉荀罃、齊崔杼、宋華元、衛孫林父、曹人、邾人、滕人、薛人、小邾人于戚，遂城虎牢。

冬，荀罃再會于戚，遂城虎牢以偪鄭，鄭乃求成。虎牢，鄭邑也。不繫之鄭者，與荀罃城之也。鄭叛去中國與楚比周，荀罃再會于戚，城虎牢以偪之，然後乃服。故不繫之于鄭，使若自城中國之邑。然城虎牢服鄭以安中國，善也，乘人之喪取人之邑，此其可哉？故曰「遂城虎牢」以惡之也。

楚殺其大夫公子申。

三年春，楚公子嬰齊帥師伐吴。

吴、楚皆夷，楚公子嬰齊伐吴者，吴與中國故也。成十五年「叔孫僑如會晉士燮、齊高無咎、宋華元、衛孫林父、鄭公子鰌、邾人會吴于鍾離」是也。

公如晉。夏四月壬戌，公及晉侯盟于長樗。

晉侯出其國都，與公盟于外地。

公至自晉。六月，公會單子、晉侯、宋公、衛侯、鄭伯、莒子、邾子、齊世子光。己未，同盟于雞澤。陳侯使袁僑如會。戊寅，叔孫豹及諸侯之大夫及陳袁僑盟。

先言「公會單子、晉侯、宋公、衛侯、鄭伯、莒子、邾子、齊世子光。己未，同盟于雞澤」，次言「陳侯使袁僑如會，戊寅叔孫豹及諸侯之大夫及陳袁僑盟」者，此諸侯既盟而陳袁僑至也。諸侯既盟而陳袁僑至，無盟可也。己未諸侯盟，戊寅大夫又盟，是大夫彊，諸侯始失政也。故十六年「公會晉侯、宋公、衛侯、鄭伯、曹子、莒子、邾子、薛伯、杞伯、小邾子于湨梁」，戊寅大夫盟不復言諸侯之大夫。不復言諸侯之大夫者，政在大夫故也。故孔子曰：「禄之去公室五世矣，政逮於大夫四世矣。」孔子之言非獨魯也，滔滔者天下皆是也。

秋，公至自會。冬，晉荀罃帥師伐許。

四年春王三月己酉，陳侯午卒。夏，叔孫豹如晉。秋七月戊子，夫人姒氏薨。

襄公妾母姒氏。

葬陳成公。八月辛亥，葬我小君定姒。

定，謚也。二月而葬。

冬，公如晉。陳人圍頓。

五年春，公至自晉。夏，鄭伯使公子發來聘。叔孫豹、鄫世子巫如晉。

外如不書，鄫世子書者，以同吾叔孫豹如晉也。

仲孫蔑、衛孫林父會吴于善道。秋，大雩。楚殺其大夫公子壬夫。公會晉侯、宋公、陳侯、衛侯、鄭伯、曹伯、莒子、邾子、滕子、薛伯、齊世子光、吴人、鄫人于戚。

吴稱人，序鄫上者，進之也。案：成六年吴伐郯，始見于經，十五年會于鍾離，此年會于善道，又會于戚，數與中國，故進之，稱人以比小國。鄫亦小國也，然鄫微弱滋甚，不可先也，故吴序鄫上。

公至自會。冬，戍陳。

此會戚諸侯戍陳也。不言諸侯者，魯戍之也。諸侯急于救患，戍之，與僖二年「城楚丘」義同。

楚公子貞帥師伐陳。

陳即中國也。三年陳侯使袁僑如會。

公會晉侯、宋公、衛侯、鄭伯、曹伯、齊世子光救陳。十有二月，公至自救陳。辛未，季孫行父卒。

六年春王三月壬午，杞伯姑容卒。夏，宋華弱來奔。秋，葬杞桓公。滕子來朝。莒人滅鄫。

昭四年書取鄫，此而言滅者，蓋莒滅之以爲附庸爾。

冬，叔孫豹如邾。季孫宿如晉。

季孫宿，行父子。

十有二月，齊侯滅萊。

七年春，郯子來朝。夏四月，三卜郊，不從，乃免牲。小邾子來朝。城費。音秘。

費，季氏邑。季氏四月城所食邑，其專可知也。

秋，季孫宿如衛。八月，螽。冬十月，衛侯使孫林父來聘。壬戌，及孫林父盟。楚公子貞帥師圍陳。十有二月，公會晉侯、宋公、陳侯、衛侯、曹伯、莒子、邾子于鄬。于軌反，又音几吹反。

楚公子貞圍陳，故諸侯復會于鄬。鄬，鄭地。

鄭伯髠頑如會，未見諸侯。丙戌，卒于鄵。七報反，又采南反。

卒不名者，一見之也。上言「鄭伯髠頑如會」，下言「未見諸侯，丙戌卒于鄵」，此鄭伯髠頑可知也。二十五年「吴子遏伐楚，門于巢，卒」同此。鄵，鄭邑。

陳侯逃歸。

案：三年，晉合諸侯同盟于雞澤，陳侯使袁僑如會以即中國，故楚公子貞五年帥師伐陳。此年帥師圍陳，晉再合諸侯于鄬，不能爲攘楚以安中國，故陳侯逃歸。陳侯以是逃歸者，晉不足與也。言逃，懼楚之甚。

八年春王正月，公如晉。

公前年會諸侯于鄬，不至者，公自鄬朝晉也。

夏，葬鄭僖公。鄭人侵蔡，獲蔡公子燮。季孫宿會晉侯、鄭伯、齊人、宋人、衛人、邾人于邢丘。

邢丘之會，公在晉也。晉侯不與公會而與季孫宿會者，襄公微弱，政在季氏故也。晉爲盟主，棄其君而與臣，何以宗諸侯？此晉侯之惡亦可見矣。

公至自晉。莒人伐我東鄙。秋九月，大雩。冬，楚公子貞帥師伐鄭。

夏，鄭人侵蔡，故楚公子貞伐鄭。鄭與楚平。

晉侯使士匄來聘。

九年春，宋災。夏，季孫宿如晉。五月辛酉，夫人姜氏薨。

宣公夫人，成公母。

秋八月癸未，葬我小君穆姜。

穆，謚也。四月而葬。

冬，公會晉侯、宋公、衛侯、曹伯、莒子、邾子、滕子、薛伯、杞伯、小邾子、齊世子光伐鄭。

鄭即楚，故諸侯伐鄭，取成而還。

十有二月己亥，同盟于戲。許宜反。楚子伐鄭。

鄭復與楚平。

十年春，公會晉侯、宋公、衛侯、曹伯、莒子、邾子、滕子、薛伯、杞伯、小邾子、齊世子光會吴于柤。

吴五年會于戚稱人，此不稱人者，以其遂滅偪陽，反狄之也。柤，楚地。

夏五月甲午，遂滅偪陽。

偪陽，微國。諸侯不義，遠會彊夷以滅微國，甚矣！

公至自會。楚公子貞、鄭公孫輒帥師伐宋。晉師伐秦。秋，莒人伐我東鄙。公會晉侯、宋公、衛侯、曹伯、莒子、邾子、齊世子光、滕子、薛伯、杞伯、小邾子伐鄭。

楚公子貞、鄭公孫輒帥師伐宋，故公會晉侯、宋公、衛侯、曹伯、莒子、邾子、齊世子光、滕子、薛伯、杞伯、小邾子伐鄭。

冬，盜殺鄭公子騑、公子發、公孫輒。

盜者，微賤之稱。盜一日而殺三卿，故列數之，惡鄭伯失刑政也。

戍音庶。鄭虎牢。

此伐鄭諸侯戍鄭虎牢也，不言諸侯者，諸侯不一，怠于救患也。案：二年仲孫蔑「于戚遂城虎牢」，不言「鄭」，今戍虎牢言「鄭」者，諸侯與楚爭鄭久矣，諸侯之得鄭者亦已數矣，而不能有之，隨爲楚取，是諸侯之無能也。故虎牢雖爲諸侯所戍，孔子還繫于鄭。

楚公子貞帥師救鄭。公至自伐鄭。

十有一年春王正月，作三軍。

作三軍，亂聖王之制也。古者天子六軍，大國三軍，次國二軍，小國一軍。魯次國，以次國而作三軍，亂聖王之制，何也？

夏四月，四卜郊，不從，乃不郊。鄭公孫舍之帥師侵宋。公會晉侯、宋公、衛侯、曹伯、齊世子光、莒子、邾子、滕子、薛伯、杞伯、小邾子伐鄭。秋七月己未，同盟于亳城北。

諸侯伐鄭，公孫舍之侵宋未已也。鄭人，諸侯七月己未同盟于亳城北。亳城北，鄭地。

公至自伐鄭。楚子、鄭伯伐宋。公會晉侯、宋公、衛侯、曹伯、齊世子光、莒子、邾子、滕子、薛伯、杞伯、小邾子伐鄭，會于蕭魚。

鄭伯尋背亳城之盟，爲楚子伐宋，故晉悼復以諸侯伐鄭，鄭人大懼，乃歸中國。言伐言會者，得鄭伯之辭也。下楚人執鄭行人良霄，此得鄭伯可知也。案：鄭自齊桓、晉文死，或即夷狄，❶或歸中國，晉、楚之争鄭者可謂久矣。晉悼比歲大合諸侯伐鄭，今始得之。雖不能遠斥强楚，以紹二伯之烈，然自是能有鄭者二十年，此晉悼之績，亦可道也。蕭魚，鄭地。

公至自會。楚人執鄭行人良霄。

鄭伯使良霄告急于楚，楚師未出，鄭伯與諸侯會于蕭魚，故楚人執鄭行人良霄。

冬，秦人伐晉。

十有二年春王三月，莒人伐我東鄙，圍台。勑才反，又音臺，又音怡。

莒背蕭魚之會，伐我東鄙，圍台。

季孫宿帥師救台，遂入鄆。音運。

季孫宿受命救台，不受命入鄆。季孫宿帥師救台，遂入鄆，專也。

---

❶「夷狄」，四庫本作「荆楚」。

夏，晉侯使士魴來聘。秋九月，吴子乘卒。

不書葬者，罪大惡重，貶之也。

冬，楚公子貞帥師侵宋。公如晉。

十有三年春，公至自晉。夏，取邿。音詩。

邿，小國。

秋九月庚辰，楚子審卒。冬，城防。

十有四年春王正月，季孫宿、叔老會晉士匄、齊人、宋人、衛人、鄭公孫蠆、曹人、莒人、邾人、滕人、薛人、杞人、小邾人會吴于向。舒亮反。

吴至此猶不稱人者，滅偪陽之後未有可進。叔老，公孫嬰齊子。向，宋地。

二月乙未朔，日有食之。夏四月，叔孫豹會晉荀偃、齊人、宋人、衛北宫括、鄭公孫蠆、曹人、莒人、邾人、滕人、薛人、杞人、小邾人伐秦。

會向伐秦。齊、宋、衛稱人，微者也。

己未，衛侯出奔齊。

不名者，甯殖、孫林父逐之也。

莒人侵我東鄙。秋，楚公子貞帥師伐吴。冬，季孫宿會晉士匄、宋華閲、衛孫林父、鄭公孫蠆、莒人、邾人于戚。

十有五年春，宋公使向戌來聘。二月己亥，及向戌盟于劉。

劉，魯地。

劉夏逆王后于齊。

天子不親迎，取后則三公逆之。劉夏，士也。王后，天下母。使微者逆之，可哉？故曰「劉夏逆王后于齊」以著其惡。劉，采地。夏，名。

夏，齊侯伐我北鄙，圍成。公救成，至遇。

公救成至遇，不敢進也。遇，魯地。

季孫宿、叔孫豹帥師城成郛。秋八月丁巳，日有食之。邾人伐我南鄙。冬十有一月癸亥，晉侯周卒。

十有六年春王正月，葬晉悼公。三月，公會晉侯、宋公、衛侯、鄭伯、曹伯、莒子、邾子、薛伯、杞伯、小邾子于溴古役反，又音公璧反。梁。戊寅，大夫盟。

案：三年公會單子、晉侯、宋公、衛侯、鄭伯、莒子、邾子、齊世子光，己未同盟于雞澤，陳侯使袁僑如會，戊寅叔孫豹及諸侯之大夫及陳袁僑盟，言諸侯之大夫，此直曰「戊寅大夫盟」，不言諸侯之大夫者，雞澤之會諸侯始失政也，至于溴梁則又甚矣。溴梁之會，政在大夫也。政在大夫，故不言諸侯之大夫者，大夫無諸侯故也。溴梁，晉地。

晉人執莒子、邾子以歸。

晉平溴梁之會方退，執莒子、邾子以歸，又不歸于京師，非所以宗諸侯也。

齊侯伐我北鄙。夏，公至自會。五月甲子，地震。叔老會鄭伯、晉荀偃、衛甯殖、宋人伐許。秋，齊侯伐我北鄙，圍成。大雩。冬，叔孫豹如晉。

十有七年春王二月庚午，邾子牼苦耕反，又音户耕反。卒。

前年晉人執莒子、邾子以歸，此書「邾子牼卒」者，晉人尋赦之也。莒子同此。

宋人伐陳。夏，衛石買帥師伐曹。秋，齊侯伐我北鄙，圍桃。高厚帥師伐我北鄙，圍防。

案：十五年齊侯伐我北鄙圍成，十六年齊侯伐我北鄙圍成，此年齊侯伐我北鄙圍桃，高厚伐我北鄙圍防。三年之中，君臣加兵于魯者四，此齊之不道，亦可知也。

九月，大雩。宋華臣出奔陳。冬，邾人伐我南鄙。

十有八年春，白狄來。夏，晉人執衛行人石買。秋，齊師伐我北鄙。冬十月，公會晉侯、宋公、衛侯、鄭伯、曹伯、莒子、邾子、滕子、薛伯、杞伯、小邾子同圍齊。

齊爲不道，數侵諸侯，故諸侯同圍之。言「同」者，諸侯同心疾齊也。

曹伯負芻卒于師。楚公子午帥師伐鄭。

十有九年春王正月，諸侯盟于祝柯。晉人執邾子。公至自伐齊。取邾田自漷虎百反，又音郭，音廓，又音口獲反。水。

諸侯土地受之天子，不可取也。言取，惡内也。自漷水者，隨漷水爲界也。

季孫宿如晉。葬曹成公。夏，衛孫林父帥師伐齊。秋七月辛卯，齊侯環卒。晉士匄帥師侵齊，至穀，聞齊侯卒，乃還。

非禮也。宣、成而下，政在大夫，故士匄受命侵齊，聞齊侯卒乃還也。噫！不伐喪，善也。士匄貪不伐喪之善以廢君命，惡也。故曰「晉士匄帥師侵齊，至穀，聞齊侯卒乃還」以惡之。

八月丙辰，仲孫蔑卒。齊殺其大夫高厚。鄭殺其大夫公子嘉。冬，葬齊靈公。城西郛。叔孫豹會晉士匄于柯。城武城。

城西郛，城武城，懼齊也。

二十年春王正月辛亥，仲孫速會莒人盟于向。

仲孫速，仲孫蔑子。

夏六月庚申，公會晉侯、齊侯、宋公、衛侯、鄭伯、曹伯、莒子、邾子、滕子、薛伯、杞伯、小邾子盟于澶音蟬。淵。

齊平故也。

秋，公至自會。仲孫速帥師伐邾。

仲孫速背澶淵之盟，伐邾。

蔡殺其大夫公子燮。蔡公子履出奔楚。陳侯之弟黄出奔楚。叔老如齊。冬十月丙辰朔，日有食之。季孫宿如宋。

二十有一年春王正月，公如晉。邾庶其以漆、閭丘來奔。

庶其，邾大夫。不氏，未命也。漆、閭丘，邾邑。昭五年莒牟夷以牟婁及防滋來奔，同此。書者，惡魯受邾叛人邑。

夏，公至自晉。秋，晉欒盈出奔楚。九月庚戌朔，日有食之。冬十月庚辰朔，日有食之。曹伯來朝。公會晉侯、齊侯、宋公、衛侯、鄭伯、曹伯、莒子、邾子于商任。音壬。

商任，地闕。

二十有二年春王正月，公至自會。夏四月。秋七月辛酉，叔老卒。冬，公會晉侯、齊侯、宋公、衛侯、鄭伯、曹伯、莒子、邾子、薛伯、杞伯、小邾子于沙隨。公至自會。楚殺其大夫公子追舒。

二十有三年春王二月癸酉朔，日有食之。三月己巳，杞伯匄卒。夏，邾畀我來奔。

此言「邾畀我來奔」者，惡内也。惡鄉受邾叛人邑，今又納邾叛人也。

葬杞孝公。陳殺其大夫慶虎及慶寅。陳侯之弟黄自楚歸于陳。

出自稱弟者，無失弟之道也。黄奔楚在二十年。

晉欒盈復入于晉，入于曲沃。

此欒盈以曲沃之甲入晉，敗而奔曲沃也。經言「欒盈復入于晉，入于曲沃」者，欒盈復入于晉，犯君當誅，曲沃大夫不可納也。入于曲沃，明曲沃大夫納之，當坐。盈出奔楚在二十一年。

秋，齊侯伐衛，遂伐晉。

齊侯伐衛遂伐晉，背澶淵之盟，在二十年。

八月，叔孫豹帥師救晉，次于雍於用反。榆。

次，止也。言「救」言「次」，惡不急救患也。君命救晉，豹畏齊，廢命而止，故曰「叔孫豹帥師救晉，次于雍榆」以惡之。雍榆，晉地。

己卯，仲孫速卒。

孟莊子也。

冬十月乙亥，臧孫紇出奔邾。晉人殺欒盈。

不言其大夫者，欒盈出奔楚，當絶也。稱人以殺，從討賊辭。

齊侯襲莒。

二十有四年春，叔孫豹如晉。仲孫羯帥師侵齊。

羯，仲孫速子，孟孝伯也。

夏，楚子伐吴。秋七月甲子朔，日有食之，既。齊崔杼帥師伐莒。大水。八月癸巳朔，日有食之。公會晉侯、宋公、衛侯、鄭伯、曹伯、莒子、邾子、滕子、薛伯、杞伯、小邾子于夷儀。

諸侯會于夷儀，謀齊也。

冬，楚子、蔡侯、陳侯、許男伐鄭。公至自會。陳鍼其廉反。宜咎出奔楚。叔孫豹如京師。大饑。

五穀不升之甚。

二十有五年春，齊崔杼帥師伐我北鄙。夏五月乙亥，齊崔杼弑其君光。公會晉侯、宋公、衛侯、鄭伯、曹伯、莒子、邾子、滕子、薛伯、杞伯、小邾子于夷儀。

晉再合諸侯將伐齊，齊人懼，弒莊公以求成，晉侯許之，八月己巳諸侯同盟于重丘是也。莊公復背澶淵之盟，加兵晉衛，信不道矣。然齊人弒莊公以求成，逆之大者。晉侯不能即而討之，以成齊國之亂，曷以宗諸侯？宜乎大夫日熾，自是卒不可制也。故先書崔杼之弒，以著其惡。

六月壬子，鄭公孫舍之帥師入陳。

前年楚子、蔡侯、陳侯、許男伐鄭，故鄭公孫舍之帥師入陳。

秋八月己巳，諸侯同盟于重丘。公至自會。衛侯入于夷儀。

此衛侯衎也。入于夷儀，將篡剽。匹妙反。

楚屈建帥師滅舒鳩。冬，鄭公孫夏帥師伐陳。十有二月，吴子遏伐楚，門于巢，卒。

吴子伐楚，自攻于巢之門，巢人伏而殺之，故曰「吴子遏伐楚，門于巢，卒」，惡吴子之自輕也。卒不名者，與七年鄭伯髡頑義同。

二十有六年春王二月辛卯，衛甯喜弒其君剽。衛孫林父入于戚以叛。

獻公之奔齊也，孫林父逐之。甯喜弒剽匹妙反。以納獻公，故林父懼，入于戚以叛。

甲午，衛侯衎復歸于衛。

先言「辛卯，衛甯喜弒其君剽」，後言「甲午，衛侯衎復歸于衛」者，以見衎待弒而歸也。案：十四年衛侯衎出奔齊，前年入于夷儀，今喜弒剽，四日而復歸于衛。此待弒而歸可知也。

夏，晉侯使荀吴來聘。公會晉人、鄭良霄、宋人、曹人于澶音蟬。淵。秋，宋公殺其世子痤。才禾反。

稱君以殺世子，甚之也。

晉人執衛甯喜。

晉人執衛甯喜，惡不討也。弒君之賊，人人皆得殺之。

八月壬午，許男甯卒于楚。冬，楚子、蔡侯、陳侯伐鄭。葬許靈公。

二十有七年春，齊侯使慶封來聘。夏，叔孫豹會晉趙武、楚屈建、蔡公孫歸生、衛石惡、陳孔奐、鄭良霄、許人、曹人于宋。

隱、桓之際，天子失道，諸侯擅權；宣、成之間，諸侯僭命，大夫專國；至宋之會則又甚矣。何哉？自宋之會，諸侯日微，天下之政、中國之事皆大夫專持之也。故二十九年城杞，三十年會澶淵，昭元年會虢，諸侯莫有見者，此天下之政、中國之事皆大夫專持之可知也。

衛殺其大夫甯喜。衛侯之弟鱄市轉反，又音專。出奔晉。

甯喜不以討賊辭書者，獻公殺之不以其罪也。初，甯殖與孫林父逐獻公以立公孫剽，既而悔焉。甯殖死，故喜與公弟鱄謀弒剽以納獻公。獻公歸，一旦復討逐己者，于是殺甯喜。其弟鱄曰：「吾與喜納君也。」殺之，遂出奔晉。

秋七月辛巳，豹及諸侯之大夫盟于宋。

案：十六年公會晉侯、宋公、衛侯、鄭伯、曹伯、莒子、邾子、薛伯、杞伯、小邾子于溴古役反。梁，戊寅大夫盟。溴梁之會，諸侯會也，而曰「戊寅大夫盟」者，大夫無諸侯也。此年叔孫豹會晉趙武、楚屈建、蔡公孫歸生、衛石惡、陳孔奂、鄭良霄、許人、曹人于宋，秋七月辛巳豹及諸侯之大夫盟于宋。宋之會，大夫會也，大夫會而言「辛巳豹及諸侯之大夫盟于宋」者，不與大夫無諸侯也。噫！天下之政、中國之事，諸侯專之猶曰不可，況大夫乎？故宋之盟不與大夫無諸侯也。宋之盟不與大夫無諸侯者，孔子傷天下之亂，疾之之甚也。豹不氏，前見也。

冬十有二月乙亥朔，日有食之。

二十有八年春，無冰。

無冰，時燠也。

夏，衛石惡出奔晉。邾子來朝。秋八月，大雩。仲孫羯如晉。冬，齊慶封來奔。十有一月，公如楚。

公朝楚者，桓文既死，夷狄日熾，❶中國日微，故公遠朝强夷也。❷

十有二月甲寅，天王崩。

靈王也。

乙未，楚子昭卒。

二十有九年春王正月，公在楚。

---

❶「夷狄日熾」，四庫本作「時無盟主」。

❷「夷」，四庫本作「楚」。

案：成十年秋七月公如晉，十一年三月公至自晉。昭十五年冬公如晉，十六年夏公至自晉，皆不書所在。公在中國猶可，在夷狄則甚矣。❶故詳而録之也。

夏五月，公至自楚。

公留于楚者七月。

庚午，衛侯衎卒。閽弑吴子餘祭。側界反。

閽，門者。不言盜者，閽微于盜也。不言殺者，❷明弑有漸也。微者猶能弑吴子餘祭，况大者乎？則知爲人君者，雖微不可慢也。故曰「閽弑吴子餘祭」以惡之。

仲孫羯會晉荀盈、齊高止、宋華定、衛世叔儀、鄭公孫段、曹人、莒人、滕人、薛人、小邾人城杞。

杞微弱不能自城，故諸侯之大夫相與城杞。諸侯之大夫相與城杞者，政在大夫故也。

晉侯使士鞅來聘。杞子來盟。吴子使札來聘。

吴成六年伐郯，始見于經，稱「吴」。襄五年會于戚稱「人」，今使札來聘稱「子」者，與其慕義來聘，進之也。先書閽弑吴子餘祭，而後言吴子使札來聘者，吴子使札來聘，未至于魯而吴子遇弑，故先書閽弑吴子餘祭也。吴子既弑而札至于魯，故後書吴子使札來聘。

❶「夷狄」，四庫本作「楚國」。
❷「殺」，原作「弑」，據吕本中《春秋集解》所引改。

秋九月，葬衛獻公。齊高止出奔北燕。冬，仲孫羯如晉。

三十年春王正月，楚子使薳音委。罷音皮。來聘。夏四月，蔡世子般音班。弒其君固。

稱世子以弒，甚般之惡也。不言其父而言其君者，君之于世子有君之尊也，有父之親也，以般之于尊親盡矣。不日者，脱之。

五月甲午，宋災。宋伯姬卒。天王殺其弟佞夫。

《春秋》之義，天子得專殺，故二百四十二年無天王殺大夫文。此言「殺其弟佞夫」者，《書》稱「帝堯克明俊德，以親九族，九族既睦，平章百姓」，而景王不能容一母弟，不可不見也。且諸侯有失教及不能友愛其弟出奔者，孔子猶詳而録之，譏其失兄之道，況景王尊爲天子，富有四海乎？故斥言「天王殺其弟佞夫」，以惡之也。

王子瑕奔晉。

景王重失親親。不言出，周無外也。

秋七月，叔弓如宋，葬宋共姬。

共，謚也。内女不葬，葬者皆非常也。莊四年齊侯葬紀伯姬，三十年葬紀叔姬，此年叔弓如宋葬共姬是也。案：文九年叔孫得臣如京師葬襄王，昭二十二年叔鞅如京師葬景王。共姬，婦人也。襄王、景王，天子也。魯皆使卿會葬，惡之甚焉。然内女葬當有恩禮，使卿則不可也。叔弓，叔老子。

鄭良霄出奔許。自許入于鄭。鄭人殺良霄。

鄭人殺良霄，不言大夫者，出奔絶之也。

冬十月，葬蔡景公。晉人、齊人、宋人、衛人、鄭人、曹人、莒人、邾人、滕人、薛人、杞人、小邾人會于澶音蟬。淵，宋災故。

會未有言其所爲者，此言宋災故者，疾之之辭也。宋災故，天下諸侯莫有憂者而大夫憂之。天下諸侯莫有憂者而大夫憂之，諸侯微弱，政在大夫可知也。其曰「某人」者，以其專極惡甚，故曰「某人某人會于澶淵宋災故」，貶也。

三十有一年春王正月。夏六月辛巳，公薨于楚宫。

非正也。公朝楚好其宫，歸而作之。

秋九月癸巳，子野卒。

襄公太子，未踰年之君也。名者，襄公未葬也。不薨不地，降成君也。

己亥，仲孫羯卒。冬十月，滕子來會葬。

滕子來會葬，非禮也。

癸酉，葬我君襄公。十有一月，莒人弑其君密州。

春秋尊王發微卷第十

昭公名裯，襄公子，景王四年即位。昭，謚也。容儀恭明曰昭。

元年春王正月，公即位。叔孫豹會晉趙武、楚公子圍、齊國弱、宋向戌、衛齊惡、陳公子招、音韶。蔡公孫歸生、鄭罕虎、許人、曹人于虢。三月，取鄆。夏，秦伯之弟鍼出奔晉。六月丁巳，邾子華卒。晉荀吴帥師敗狄于大鹵。

大鹵，大原。

秋，莒去起吕反。疾自齊入于莒。莒展輿出奔吴。

莒子二子，長曰去疾，次曰展輿。莒子遇弑，去疾奔齊。展輿立，國人不與，去疾由齊入于莒，故展輿奔吴。莒子弑在襄二十一年。

叔弓帥師疆鄆田。

帥師而往，有畏也。

葬邾悼公。冬十有一月己酉，楚子麇音君。卒。楚公子比出奔晉。

二年春，晉侯使韓起來聘。夏，叔弓如晉。秋，鄭殺其大夫公孫黑。冬，公如晉，至河乃復。

「公如晉至河乃復」者六。此年「公如晉，至河乃復」，十二年「公如晉，至河乃復」，十三年「公如晉，至河乃復」，二十一年「公如晉，至河乃復」，二十三年「公如晉，至河，有疾乃復」，定三年「公如晉，至河乃復」是也。唯二十三年書「有疾」，明有疾而反。餘皆譏公數如晉見距，不能以禮自重，大取困辱也。

季孫宿如晉。

公如晉而距之，季孫宿如晉而納之，是昭公季孫宿之不若也。此晉侯之惡亦可見矣。

三年春王正月丁未，滕子原卒。夏，叔弓如滕。五月，葬滕成公。

滕，小國。使叔弓會葬，甚矣。

秋，小邾子來朝。八月，大雩。冬，大雨于附反。雹。北燕伯欵出奔齊。

四年春王正月，大雨于附反。雹。夏，楚子、蔡侯、陳侯、鄭伯、許男、徐子、滕子、頓子、胡子、沈子、小邾子、宋世子佐、淮夷會于申。

中國自宋之會政在大夫，諸侯不見者十年。此書「楚子、蔡侯、陳侯、鄭伯、許男、徐子、滕子、頓子、胡子、沈子、小邾子、宋世子佐、淮夷會于申」者，楚子大合諸侯于此也。楚子得以大合諸侯于此者，桓、文既死，中國不振，❶喪亂日甚，幅裂横潰，制在夷狄故也。❷故自是天下之政、中國之事皆夷狄迭制之。❸至于

❶「中國」，四庫本作「諸夏」。
❷「夷狄」，四庫本作「荆蠻」。
❸「夷狄」，四庫本作「荆蠻」。

平丘、召陵之會，諸侯雖云再出，尋復叛去，事無所救，不足道也。宋盟在襄二十七年。會平丘在昭十三年。會召陵在定四年。申，姜姓國。

楚人執徐子。秋七月，楚子、蔡侯、陳侯、許男、頓子、胡子、沈子、淮夷伐吴。執齊慶封殺之。

案：宣十一年「楚人殺陳夏徵舒」，稱「人」以殺，討賊辭也。此不言「楚人執齊慶封殺之」者，不與楚討也。慶封與弑莊公，弑君之賊人人皆得殺之，其言不與楚討者，楚靈貪虐不道，殄滅陳、蔡以肆其欲，故孔子以諸侯共執齊慶封殺之爲文，所以與殺陳夏徵舒異也。崔杼弑莊公在襄二十五年。

遂滅賴。

賴，小國。

九月取鄫。才陵反。

案：襄六年「莒人滅鄫」，此言「取鄫」者，蓋莒滅鄫以爲附庸，今魯取之爾。

冬十有二月乙卯，叔孫豹卒。

五年春王正月，舍中軍。

魯本二軍，襄十一年作三軍，今舍中軍。作之非，舍之非，皆非天子命也。

楚殺其大夫屈居勿反。申。公如晉。夏，莒牟夷以牟婁及防、兹來奔。

「莒牟夷以牟婁及防、兹來奔」，惡内也。與襄二十一年「邾庶其以漆、閭丘來奔」義同。

秋七月，公至自晉。戊辰，叔弓帥師敗莒師于蚡扶粉反。泉。

魯既受莒叛人邑，又敗莒師于蚡泉，其惡可知也。蚡泉，魯地。

秦伯卒。冬，楚子、蔡侯、陳侯、許男、頓子、沈子、徐人、越人伐吴。

六年春王正月，杞伯益姑卒。葬秦景公。夏，季孫宿如晉。葬杞文公。宋華合比如字，又音被。出奔衛。秋九月，大雩。楚薳罷音皮。帥師伐吴。冬，叔弓如楚。齊侯伐北燕。

七年春王正月，暨齊平。

暨，不得已也。齊來求平，不得已而從之，故曰「暨」，且明非魯志也。

三月，公如楚。叔孫婼如齊涖盟。夏四月甲辰朔，日有食之。秋八月戊辰，衛侯惡卒。九月，公至自楚。冬十有一月癸未，季孫宿卒。十有二月癸亥，葬衛襄公。

八年春，陳侯之弟招音韶。殺陳世子偃師。

此陳公子招殺陳世子偃師也。其曰「陳侯之弟招殺陳世子偃師」者，親之也，所以甚招之惡也。陳哀公二子，太子偃師，次子留。公弟招與大夫過皆愛留，欲立之。哀公疾，遂殺太子偃師以立之。留，庶孽也。偃師，冢嗣也。招以叔父之親，不顧宗社之重，殞冢嗣以立庶孽，致楚滅陳，皆招之由也。故曰「陳侯之弟招殺陳世子偃師」以甚招之惡也。

夏四月辛丑，陳侯溺卒。叔弓如晉。楚人執陳行人干徵師殺之。陳公子留出奔鄭。

陳哀公卒，干徵師赴于楚，且告立公子留。楚人執干徵師殺之，故公子留出奔鄭。公子留已立，復稱公子者，以著公弟招殺世子偃師之罪，且明留之立不當立也。

秋，蒐于紅。

蒐，春田。秋，非禮也。惟不稱大之爲正耳。紅，魯地。

陳人殺其大夫公子過。古禾反。

此公子招殺大夫公子過也。其言「陳人殺其大夫公子過」者，不與公子招殺也，故以陳人自討爲文。

大雩。冬十月壬午，楚師滅陳。執陳公子招音韶。放之于越。殺陳孔奂。

陳公子招，殺世子之賊也，楚子執而放之。陳孔奂，無罪之人也，楚子殺之。吁！楚靈暴虐無道，滅人之國，又爲淫刑也如此。

葬陳哀公。

十月壬午楚師滅陳。此言「葬陳哀公」如不滅之辭者，楚子葬之也。不言楚子葬之者，不與楚子滅陳葬哀公，故以陳人自葬爲文，所以存陳也。九年陳災同此。

九年春，叔弓會楚子于陳。許遷于夷。夏四月，陳災。秋，仲孫貜俱縛反，又音居碧反。如齊。

貜，仲孫羯子。

冬，築郎囿。

十年春王正月。夏，齊欒施來奔。秋七月，季孫意如、叔弓、仲孫貜俱縛反，又音居碧反。帥師伐莒。

三卿伐莒，疾莒之甚也。季孫意如，季孫宿孫。

戊子，晉侯彪卒。九月，叔孫婼如晉葬晉平公。十有一月甲子，宋公成卒。

此年無冬者，脱也。

十有一年春王二月，叔弓如宋，葬宋平公。夏四月丁巳，楚子虔誘蔡侯般，音班。殺之于申。

般，弑逆之人，諸侯皆得殺之。楚子名者，楚子暴虐無道，貪蔡土地，不以弑君之罪殺般也。四月丁巳楚子虔誘蔡侯般殺之于申，十有一月丁酉楚師滅蔡執蔡世子有以歸用之，此暴虐無道，貪蔡土地，不以弑君之罪殺般可知也。然般之罪不容誅矣。楚子殺之不以其罪，故生而名之，不得以討賊例，當坐誘殺蔡侯般也。般弑在襄三十年。

楚公子棄疾帥師圍蔡。五月甲申，夫人歸氏薨。

昭公母，胡女。歸，姓。

大蒐于比音毗。蒲。

蒐，春田也。五月，不時也。時又有夫人之喪。比蒲，魯地。

仲孫貜會邾子盟于祲音浸，又音侵。祥。

祲祥，地闕。

秋，季孫意如會晉韓起、齊國弱、宋華亥、衛北宫佗、徒何反。鄭罕虎、曹人、杞人于厥憖。魚靳反，又音五巾反，又音五轄反。

會于厥憖，欲救蔡而不能也。厥憖，地闕。

九月己亥，葬我小君齊歸。冬十有一月丁酉，楚師滅蔡。執蔡世子有以歸，用之。

諸侯在喪稱「子」。此言「世子有」者，有未立也。案：四月丁巳，楚子虔誘蔡侯般，殺之于申，楚公子棄疾帥師圍蔡；十有一月丁酉，楚師滅蔡，執蔡世子有以歸，用之。有窮迫危懼以至于死，此未立可知也，故曰「世子」。噫！楚子既誘蔡侯般殺之于申，又滅蔡執蔡世子有以歸用之，甚矣！楚靈之惡其若此也。

十有二年春，齊高偃帥師納北燕伯于陽。

北燕伯三年出奔齊，不言納于燕者，明未得國都也。陽，燕別邑。

三月壬申，鄭伯嘉卒。夏，宋公使華定來聘。公如晉，至河乃復。五月，葬鄭簡公。楚殺其大夫成熊。秋七月。冬十月，公子憖魚靳反，讀爲整。出奔齊。楚子伐徐。晉伐鮮虞。

直曰「晉伐鮮虞」者，楚靈不道，殄滅陳蔡，晉爲盟主既不能救，其惡已甚，今又與楚交伐中國，❶此夷狄之道也，❷故夷狄稱之。鮮虞，姬姓國。

十有三年春，叔弓帥師圍費。音秘。

費，季氏邑。不言家臣叛者，言圍則叛可知也。

夏四月，楚公子比自晉歸于楚。弒其君虔于乾谿。

先言歸而後言弒者，先言歸者明比不與謀也，後言弒者正比之罪也。初，楚子麇卒，靈王即位，公子比出

---

❶「中國」，四庫本作「同姓」。

❷「此夷狄之道也，故夷狄稱之」，四庫本作「無復天理之存矣，故深惡之」。

奔晉。靈王無道，公子棄疾作亂，召公子比于晉，立之以弒靈王。故曰「楚公子比自晉歸于楚。弒其君虔于乾谿」也。比，靈王弟。奔晉在元年。乾谿，楚地。

楚公子棄疾殺公子比。

比不以討賊辭書者，殺之不以其罪也。棄疾雖召公子比爲王，其實內自窺楚，于是殺公子比自立，故曰「楚公子棄疾殺公子比」以著其惡。比已立，復稱公子者，明比之立不當立也。

秋，公會劉子、晉侯、齊侯、宋公、衛侯、鄭伯、曹伯、莒子、邾子、滕子、薛伯、杞伯、小邾子于平丘。八月甲戌，同盟于平丘。公不與音預。盟。

自宋之會諸侯不出，大夫專盟會者十年，至申之會則又甚矣。楚子以蠻夷之衆橫行中國，戕滅陳、蔡以厭其欲，諸侯莫敢伉。楚子專盟會者又十年矣。今晉昭一旦與劉子合諸侯同盟于此者，其能與楚子伉乎？不能與楚子伉也，乘楚靈弒逆之禍爾。乘楚靈弒逆之禍，與劉子合諸侯同盟于此，何所爲哉？此固不足道也。公不與盟者，晉侯不與公盟也。晉侯與公同事而不同盟，非所以宗諸侯也，天下孰不解體？故自是訖會召陵，諸侯復不出者二十四年。至如鄟音專，又市轉反，又徒官反。陵之會，晉自不出，此不足宗諸侯可知也。宋之會在襄二十七年，申之會在昭四年，鄟陵之會在昭二十六年，會召陵在定四年。平丘，晉地。

晉侯執季孫意如以歸。

晉既不與公盟，又執季孫意如以歸，其惡可知。

公至自會。蔡侯廬歸于蔡。陳侯吳歸于陳。

案：八年楚師滅陳，十一年楚滅蔡。此言「蔡侯廬歸于蔡。陳侯吳歸于陳」者，楚平復二國之後也。楚靈不道，暴滅陳、蔡。楚平既立，將矯楚靈之惡以説中國也，❶故復二國之後。然則楚靈滅之，楚平復之，善與？非善也。聖王不作，諸侯不振，二國之命制在夷狄故也。❷孔子以陳蔡自歸爲文，所以抑强夷而存中國也。❸

冬十月葬蔡靈公。公如晉，至河乃復。吳滅州來。

州來，附庸。

十有四年春，意如至自晉。

大夫執則至，至則名不稱氏，前見也。

三月，曹伯滕卒。夏四月。秋，葬曹武公。八月，莒子去疾卒。冬，莒殺其公子意恢。

十有五年春王正月，吳子夷末卒。二月癸酉，有事于武宮。籥入，叔弓卒，去樂卒事。

「有事于武宮。籥入，叔弓卒，去樂卒事」，非禮也。宗廟之祭，羽籥既陳，雖有卿佐之喪，不可去也。然卿

---

❶「中國」，四庫本作「諸夏」。

❷「夷狄」，四庫本作「荆蠻」。

❸「夷」，四庫本作「楚」。「中國」，四庫本作「諸夏」。

佐之喪當有恩禮，去樂則太甚，故爲之廢繹。是故宣八年書「六月辛巳有事于太廟，仲遂卒于垂。壬午，猶繹」，孔子止譏其繹爾。

夏，蔡朝吴出奔鄭。六月丁巳朔，日有食之。秋，晉荀吴帥師伐鮮虞。冬，公如晉。

十有六年春，齊侯伐徐。楚子誘戎蠻子殺之。

案：十一年楚子虔誘蔡侯般殺之于申，名。此不名者，夷狄相誘殺，❶略之也，故亦不地。

夏，公至自晉。秋八月己亥，晉侯夷卒。九月，大雩。季孫意如如晉。冬十月，葬晉昭公。

十有七年春，小邾子來朝。夏六月甲戌朔，日有食之。秋，郯子來朝。八月，晉荀吴帥師滅陸渾之戎。

夷狄亂華，❷諸侯得以驅之逐之，然滅之則甚矣。

冬，有星孛于大辰。

孛，彗之屬。孛于大辰者，在大辰也。大辰，大火。

楚人及吴戰于長岸。

長岸，楚地。

十有八年春王三月，曹伯須卒。夏五月壬午，宋、衛、陳、鄭災。

---

❶「夷狄」，四庫本作「狙詐」。

❷「夷狄亂華」，四庫本作「陸渾侵略」。

「壬午，宋、衛、陳、鄭災」，宋、衛、陳、鄭同日而災也。宋、衛、陳、鄭同日而災，異之甚者。

六月，邾人入鄅。音禹，又音矩。

鄅，微國。

秋，葬曹平公。冬，許遷于白羽。

白羽，許地。

十有九年春，宋公伐邾。夏五月戊辰，許世子止弑其君買。己卯，地震。秋，齊高發帥師伐莒。冬，葬許悼公。

二十年春王正月。夏，曹公孫會自鄸音蒙，又音盲，亦音夢。出奔宋。

鄸，公孫會之邑也。言自鄸出奔宋者，以別從國都而去爾。

秋，盜殺衛侯之兄縶。

盜者，微賤之稱。兄，母兄也。以衛侯之母兄而盜得殺之，衛侯之無刑政也若此，故曰「盜殺衛侯之兄縶」以著其惡。

冬十月，宋華户化反。亥、向舒亮反。寧、華定出奔陳。

三卿並出，危之。

十有一月辛卯，蔡侯廬卒。

二十有一年春王三月，葬蔡平公。夏，晉侯使士鞅來聘。宋華亥、向寧、華定自陳入于宋南里以叛。

前年出奔當絶，復見者，以入宋南里叛，犯君當誅。

秋七月壬午朔，日有食之。八月乙亥，叔輒卒。

輒，叔弓子。

冬，蔡侯朱出奔楚。公如晉，至河乃復。

二十有二年春，齊侯伐莒。宋華亥、向寧、華定自宋南里出奔楚。大蒐于昌間。

昌間，魯地。

夏四月乙丑，天王崩。六月，叔鞅如京師葬景王。

以天子之尊三月而葬，此諸侯之不若也。叔鞅，叔弓子。

王室亂。劉子、單子音善。子以王猛居于皇。

王室亂，劉子、單子以王猛居于皇者，王猛當嗣，子朝争立，其位未定故也。子朝，王猛庶兄。猛幼，子朝有寵于景王，王欲立之，劉、單不可。景王崩，六月既葬，子朝作亂，故劉子、單子以王猛居于皇。其言「劉子、單子以王猛」者，子朝亂，猛位未定，進退在二子也。二子，卿爵。皇，周地。

秋，劉子、單子以王猛入于王城。

不言成周而言王城者，明未得國也。景王失道，不能早正王猛之位，卒使子朝争立，故二子以王猛居于皇，以王猛入于王城，此猛之進退在二子可知也。

冬十月，王子猛卒。

王猛卒，其曰「王子猛」者，言「王」所以明當嗣之人也，言「子」所以見未踰年之君也，言「猛」所以別群王之子也。不崩不葬者，降成君也。

十有二月癸酉朔，日有食之。

二十有三年春王正月，叔孫婼音綽，又音釋。如晉。癸丑，叔鞅卒。晉人執我行人叔孫婼。晉人圍郊。

郊，周邑。

夏六月，蔡侯東國卒于楚。秋七月，莒子庚輿來奔。戊辰，吴敗頓、胡、沈、蔡、陳、許之師于雞父。胡子髡、沈子逞滅。獲陳夏齧。

頓、胡、沈、蔡、陳、許，皆楚與國也。六國之師相與伐吴，吴人禦之，敗六國之師于雞父。春秋之戰，書敗者多矣，未有諸侯之師略而不序者。此六國之師略而不序者，皆夷狄之也。賤其舍中國而與夷狄，故皆夷狄之。其言「胡子髡、沈子逞滅」者，深惡二國之君不得其死，皆以自滅爲文也。故鄭棄其師，齊人殲于遂，梁亡，胡子髡、沈子逞滅，皆自取之也。陳齧不言執而言獲者，甚之也。雞父，楚地。

天王居于狄泉。

恭王也。辟子朝居于狄泉，曰「天王居于狄泉」，明正也。

尹氏立王子朝。

立者，簒辭。嗣子有常位，故不言「立」，王猛、恭王是也。此言「尹氏立王子朝」，其惡可知也。尹氏，世卿。

八月乙未，地震。冬，公如晉，至河，有疾乃復。

凡公如晉，不得入者六。二年「公如晉，至河乃復」，十二年「公如晉，至河乃復」，十三年「公如晉，至河乃復」，二十一年「公如晉，至河乃復」，此年「公如晉，至河，有疾乃復」，定三年「公如晉，至河乃復」是也。此書「有疾」，明公自有疾而反爾。餘則皆譏公數如晉，爲晉拒而不納，以取其辱。

二十有四年春王二月丙戌，仲孫玃卒。婼至自晉。

婼，叔孫婼也。不言叔孫，前見也。

夏五月乙未朔，日有食之。秋八月，大雩。丁酉，杞伯郁釐卒。或作斄，音離，又音來。冬，吳滅巢。葬杞平公。

二十有五年春，叔孫婼如宋。夏，叔詣會晉趙鞅、宋樂大心、衛北宮喜、鄭游吉、曹人、邾人、滕人、薛人、小邾人于黃父。

叔詣，叔弓子。黃父，地闕。

有鸜鵒來巢。

魯無鸜鵒，故言「有」也。又當穴而巢，異之甚者。

秋七月上辛，大雩。季辛，又雩。九月己亥，公孫音巽。于齊。次于陽州。

公爲季孫意如所逐，其言「孫于齊」者，諱奔也。内諱奔皆曰「孫」。「次于陽州」者，不得入于齊也。陽州，齊魯境上地。

齊侯唁音彦。公于野井。

唁，慰安之辭。齊大國也，不能討意如于魯國，徒能唁昭公于野井，此齊侯之惡亦可見也。野井，齊地。

冬十月戊辰，叔孫婼卒。十有一月己亥，宋公佐卒于曲棘。

諸侯卒于國都之外，皆地。曲棘，宋封内邑。

十有二月，齊侯取鄆。

齊侯取鄆，以處公也。不言處公者，明年公至自齊居于鄆，此處公可知也。

二十有六年春王正月，葬宋元公。三月，公至自齊，居于鄆。

此言「公至自齊」者，以齊侯之見公，可以言「至自齊」也。居于鄆者，公爲意如所拒，不得入于魯也。故曰「公至自齊居于鄆」。

夏，公圍成。

「公圍成」書者，見國内皆叛也。成，孟氏邑。

秋，公會齊侯、莒子、邾子、杞伯盟于鄟音專，又音市轉反，亦音團。陵。

盟于鄟陵，謀納公而不能也。鄟陵，地闕。

公至自會，居于鄆。九月庚申，楚子居卒。冬十月，天王入于成周。

子朝之亂甚矣。悼王既死，恭王即位于外，四年始勝其醜，反正于宗廟。不言「歸」而言「入」者，言「歸」嫌與即位于内者同，故變言「入」以著即位于外也。此非例之常。不言「王城」而言「成周」者，以國舉之，明已得國。

尹氏、召伯、毛伯以王子朝奔楚。

立王子朝獨書尹氏，奔楚并舉召伯者，明罪本在尹氏，當先誅逆首，後治其徒也。

二十有七年春，公如齊。公至自齊，居于鄆。夏四月，吴弑其君僚。楚殺其大夫郤宛。遠、寃二音。秋，晉士鞅、宋樂祁犂、衛北宫喜、曹人、邾人、滕人會于扈。冬十月，曹伯午卒。邾快來奔。公如齊。公至自齊，居于鄆。

二十有八年春王三月，葬曹悼公。公如晉，次于乾侯。

公前年如齊者再，皆不見禮，故如晉。其言「次于乾侯」者，不得入于晉也。公既不見禮于齊，又不得入于晉，其窮辱若此。乾侯，晉地。

夏四月丙戌，鄭伯寧卒。六月，葬鄭定公。秋七月癸巳，滕子寧卒。冬，葬滕悼公。

二十有九年春，公至自乾侯，居于鄆。

以乾侯至者，不得見晉侯故。

齊侯使高張來唁公。公如晉，次于乾侯。夏四月庚子，叔詣卒。秋七月。冬十月，鄆潰。

潰，散也。季孫專魯，民不附公，故鄆潰。

三十年春王正月，公在乾侯。

公在乾侯，鄆潰故也。不言「居」者，乾侯晉地也。鄆，魯封内，故曰「居」。乾侯晉地，不可言「居」，故曰「在」，内外辭也。明公爲强臣所逐，不見納于内，終顛殞于外。故自是歲首孔子皆録公之所在，責魯臣子。

夏六月庚辰，晉侯去疾卒。秋八月，葬晉頃音傾。公。冬十有二月，吴滅徐。徐子章羽奔楚。

三十有一年春王正月，公在乾侯。季孫意如會晉荀躒于適歷。夏四月丁巳，薛伯穀卒。晉侯使荀躒力狄反。唁公于乾侯。

季孫意如，逐君之賊也，晉侯不能討而戮之，既使荀躒會意如于適歷，又使荀躒唁公于乾侯，何所爲哉？此晉侯之惡亦可見矣。適歷，晉地。

秋，葬薛獻公。冬，黑肱以濫來奔。

黑肱以濫來奔。濫，邑也。案：襄二十一年「邾庶其以漆、閭丘來奔」，五年「莒牟夷以牟婁及防、茲來奔」。邾莒言「國」，此不言「國」者，脱之也。

十有二月辛亥朔，日有食之。

三十有二年春王正月，公在乾侯。取闞。口暫反。

闞，魯邑。

夏，吴伐越。秋七月。冬，仲孫何忌會晉韓不信、齊高張、宋仲幾、衛世叔申、鄭國參、曹人、莒人、薛人、杞人、小邾人城成周。

周自天子言之則曰「王城」「成周」。昭二十二年「劉子、單子以王猛入于王城」，二十六年「天王入于成周」，是也。諸侯言之則曰「京師」。僖二十八年「晉人執衛侯歸之于京師」，三十年「公子遂如京師。遂如晉」，文元年「叔孫得臣如京師」，成十三年三月「公如京師」，夏五月「公自京師遂會晉侯、齊侯、宋公、衛侯、鄭伯、曹伯、邾人、滕人伐秦」，十五年「晉侯執曹伯歸于京師」，十六年「曹伯歸自京師」之類是也。此不言城京師而曰城成周者，不與大夫城京師也。大夫城京師以安天子，其言「不與大夫城京師」者，天子微，諸侯又微，故諸侯不城京師而大夫城之也。諸侯不城京師而大夫城之，是天下無諸侯也，故曰「仲孫何忌會晉韓不信、齊高張、宋仲幾、衛世子申、鄭國參、曹人、莒人、薛人、杞人、小邾人城成周」以惡之。

十有二月己未，公薨于乾侯。

春秋尊王發微卷第十一

定公名宋，襄公子，昭公弟，恭王十一年即位。定，謚也。安民大慮曰定。

元年春王。

不書正月者，定公未立，不與季氏承其正朔也。是時季氏專國，昭公薨于乾侯，及歲之交，定又未立，故略不書焉，所以黜强臣而存公室也。

三月，晉人執宋仲幾于京師。

《春秋》之義，諸侯不得專執，況大夫乎？宋仲幾會城成周，韓不信，陪臣也，非天子命執仲幾于天子之側，甚矣！故曰「晉人執宋仲幾于京師」以疾之。

夏六月癸亥，公之喪至自乾侯。戊辰，公即位。

定公繼奔亡之後，制在季氏，故昭公之喪至自乾侯，六月而始得即位也。昭公之喪至自乾侯，六月而始得即位，此制在季氏可知也。故曰「癸亥，昭公之喪至自乾侯。戊辰，公即位」以著其惡。

秋七月癸巳，葬我君昭公。

八月而葬。

九月，大雩。立煬宫。

煬宫，伯禽子廟，毁已久，此而立之，非禮可知。

冬十月，隕霜殺菽。

建酉之月隕霜殺菽，非常之災。

二年春王正月。夏五月壬辰，雉門及兩觀古亂反。災。

其言「雉門及兩觀災」者，雉門與兩觀俱災也。雉門兩觀，天子之制。

秋，楚人伐吴。冬十月，新作雉門及兩觀。古亂反。

「新作雉門及兩觀」者，定公不知僭天子之惡也。定公不知僭天子之惡，故作而新之。

三年春王正月，公如晉，至河乃復。二月辛卯，邾子穿卒。夏四月。秋，葬邾莊公。冬，仲孫何忌及邾子盟于拔。

拔，地闕。

四年春王二月癸巳，陳侯吴卒。三月，公會劉子、晉侯、宋公、蔡侯、衛侯、陳子、鄭伯、許男、曹伯、莒子、邾子、頓子、胡子、滕子、薛伯、杞伯、小邾子、齊國夏于召上照反。陵，侵楚。

蔡人病楚，使告于晉，故晉合諸侯于此，此救蔡伐楚也。其言「會于召陵侵楚」者，諸侯不振，不能救蔡伐楚也。故使救蔡伐楚之功歸于强吴。冬「蔡侯以吴子及楚人戰于栢舉，楚師敗績」是也。噫！昭十三年「公會劉子、晉侯、齊侯、宋公、衛侯、鄭伯、曹伯、莒子、邾子、滕子、薛伯、杞伯、小邾子于平丘，八月甲戌同盟于平丘」。此年「公會劉子、晉侯、宋公、蔡侯、衛侯、陳子、鄭伯、許男、曹伯、莒子、邾子、頓子、胡子、滕子、薛伯、杞伯、小邾子、齊國夏于召陵侵楚，五月公及諸侯盟于臯鼬」，内不能奪大夫之權，外不能攘夷狄之患，❶何所爲哉！何所爲哉！徒自相與歃血要言而已，此固不足道也。

夏四月庚辰，蔡公孫姓音生。帥師滅沈，以沈子嘉歸，殺之。

蔡公孫姓帥師滅沈，沈與楚故也。以沈子嘉歸殺之，公孫姓之罪不容誅也。

五月，公及諸侯盟于臯鼬。音又。

臯鼬，鄭地。

杞伯成卒于會。六月，葬陳惠公。許遷于容成。秋七月，公至自會。劉卷音權，又音眷勉反。卒。

上會劉子。

葬杞悼公。楚人圍蔡。晉士鞅、衛孔圉帥師伐鮮虞。葬劉文公。

文，謚也。案：文三年「王子虎卒」，不「葬」。此「葬」者，見其私謚，且僭也。

冬十有一月庚午，蔡侯以吴子及楚人戰于栢舉，楚師敗績。楚囊瓦出奔鄭。

「以」者，乞師而用之也。楚人圍蔡，晉師不出，故蔡侯去晉求救于吴，吴子許之。冬十有一月，吴子、蔡侯伐楚。庚午，及楚人戰于柏舉，楚師敗績，囊瓦奔鄭。吴稱子者，大救蔡也。晉合十八國之君不能救蔡伐楚，吴能救之伐之，此吴晉之事，强弱之勢，較然可見也。故自是諸侯小大皆宗于吴。柏舉，楚地。

---

❶「夷狄」，四庫本作「荆蠻」。

庚辰，吴入郢。

吴子救蔡伐楚，善也，乘囊瓦之敗，長驅入郢，夷其宗廟，壞其宫室，此則甚矣。故曰「庚辰吴入郢」，反狄之也。

五年春王三月辛亥朔，日有食之。夏，歸粟于蔡。於越入吴。

案：昭五年越始見于經，從諸侯伐吴稱「人」。此言「於越」，越之别封也。此亦舒人、舒鳩、舒蓼之類耳。

六月丙申，季孫意如卒。秋七月壬子，叔孫不敢卒。冬，晉士鞅帥師圍鮮虞。

六年春王正月癸亥，鄭游速帥師滅許，以許男斯歸。二月，公侵鄭。

内有强臣之讎，外結怨于鄭。

公至自侵鄭。夏，季孫斯、仲孫何忌如晉。秋，晉人執宋行人樂祁犂。冬，城中城。季孫斯、仲孫忌帥師圍鄆。

前曰「仲孫何忌」，後曰「仲孫忌」，傳寫脱之也。

七年春王正月。夏四月。秋，齊侯、鄭伯盟于鹹。齊人執衛行人北宫結以侵衛。齊侯、衛侯盟于沙。

沙，衛地。

大雩。齊國夏帥師伐我西鄙。九月，大雩。冬十月。

八年春王正月，公侵齊。公至自侵齊。二月，公侵齊。三月，公至自侵齊。

公一歲而再侵齊，以重其怨，甚矣！

曹伯露卒。夏，齊國夏帥師伐我西鄙。公會晉于瓦。

晉師救我，故公會于瓦。瓦，衛地。

公至自瓦。秋七月戊辰，陳侯柳卒。晉士鞅帥師侵鄭，遂侵衛。葬曹靖公。九月，葬陳懷公。季孫斯、仲孫何忌帥師侵衛。冬，衛侯、鄭伯盟于曲濮。從祀先公。

先公，后稷也。「從祀先公」者，定公僭亂，從后稷而祀也。后稷，周之始祖，非魯可得祀，故曰「從祀先公」，以著其僭。

盜竊寶玉、大弓。

盜，微賤之稱。寶玉、大弓，國之重器也。國之重器而盜得竊之，則定公爲國可知也。

九年春王正月。夏四月戊申，鄭伯蠆卒。得寶玉、大弓。

不曰盜歸寶玉大弓者，盜微賤，不可再見也。寶玉大弓，周公受賜于周，藏之于魯，故失之書，得之書。

六月，葬鄭獻公。秋，齊侯、衛侯次于五氏。

五氏，晉地。

秦伯卒。冬，葬秦哀公。

十年春王三月，及齊平。

平八年再侵齊之怨。

夏，公會齊侯于夾谷。公至自夾谷。

公會齊侯于夾谷，叛晉故也。夾谷，齊地。

晉趙鞅帥師圍衛。齊人來歸鄆、讙、龜陰田。

三月及齊平。夏，公會齊侯于夾谷，故齊人來歸鄆、讙、龜陰田。其言「來歸」者，明本非魯地也。

叔孫州仇、仲孫何忌帥師圍郈。秋，叔孫州仇、仲孫何忌帥師圍郈。音后。

郈叛，叔孫州仇、仲孫何忌帥師圍之，郈不服，故二卿秋再圍郈。郈，叔孫邑。

宋樂大心出奔曹。宋公子地出奔陳。冬，齊侯、衛侯、鄭游速會于安甫。

安甫，地闕。

叔孫州仇如齊。宋公之弟辰暨仲佗、徒何反。石彄苦侯反。出奔陳。

宋公失道，其弟辰暨仲佗、石彄出奔陳。暨，不得已也。仲佗、石彄爲宋大臣，不能以道事君，爲辰强牽而去，故曰「宋公之弟辰暨仲佗石彄出奔陳」以交譏之也。

十有一年春，宋公之弟辰及仲佗、石彄、公子地自陳入于蕭以叛。夏四月。秋，宋樂大心自曹入于蕭。

大心從四子入于蕭，不言叛者，其叛可知也。

冬，及鄭平。

平六年侵鄭之怨。

叔還如鄭涖盟。

叔還，叔弓曾孫。

十有二年春，薛伯定卒。夏，葬薛襄公。叔孫州仇帥師墮許規反。郈。衛公孟彄帥師伐曹。季孫斯、仲孫何忌帥師墮費。音秘。秋，大雩。冬十月癸亥，公會齊侯盟于黄。十有一月丙寅朔，日有食之。公至自黄。十有二月，公圍成。公至自圍成。

郈，叔孫邑。費，季孫邑。成，孟孫邑。三邑强盛，宰吏數叛以爲國患，故皆墮之。經言「叔孫州仇帥師墮郈。季孫斯、仲孫何忌帥師墮費」，而獨書「公圍成」者，公弗能墮成也。三子能墮郈、墮費，而公弗能墮成，公室陵遲，政在三子故也。國内又以圍至者，君弱臣强，危甚。

十有三年春，齊侯、衛侯次于垂葭。夏，築蛇淵囿。大蒐于比音毗。蒲。衛公孟彄帥師伐曹。秋，晉趙鞅入于晉陽以叛。冬，晉荀寅、士吉射音石。入于朝歌以叛。晉趙鞅歸于晉。

趙鞅、荀寅、士吉射三卿專邑以叛，晉侯不能制。趙鞅歸于晉無惡文者，鞅入晉陽以叛，此王法所誅也。鞅不遠而復以晉陽歸國，此王法所赦也。故曰「秋，晉趙鞅入于晉陽以叛。冬，晉荀寅、士吉射入于朝歌以叛。晉趙鞅歸于晉」以甚荀寅、士吉射之惡也。晉陽，趙鞅邑。朝歌，晉邑。

薛弑其君比。

十有四年春，衛公叔戍來奔。衛趙陽出奔宋。二月辛巳，楚公子結、陳公孫佗人帥師滅頓，以頓子牂歸。夏，衛北宫結來奔。五月，於越敗吴于檇音醉。李。

檇李，吴地。

吴子光卒。公會齊侯、衛侯于牽。

牽，衛地。

公至自會。秋，齊侯、宋公會于洮。天王使石尚來歸脤。市軫反。

脤，祭肉也。天子祭社稷宗廟，有與諸侯共福之禮，此謂助祭諸侯也。魯未嘗助祭，天王使石尚來歸脤，非禮也。石尚，士，故名。

衛世子蒯苦怪反。聵伍怪反。出奔宋。衛公孟彄出奔鄭。宋公之弟辰自蕭來奔。大蒐于比音毗。蒲。邾子來會公。

會公于比蒲也。

城莒父及霄。

此年無冬，脱之。

十有五年春王正月，邾子來朝。鼷鼠食郊牛，牛死，改卜牛。

不言所食者，食非一處也。

二月辛丑，楚子滅胡，以胡子豹歸。夏五月辛亥，郊。壬申，公薨于高寢。

公薨于高寢，非正也。高寢，别寢。

鄭罕達帥師伐宋。齊侯、衛侯次于渠蒢。邾子來奔喪。

邾子來奔喪，非禮也。

秋七月壬申，姒氏卒。